怒放的花儿

NUFANG DE HUAER

朱海燕◎著

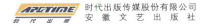

时代出版传媒股份有限公司
安徽文艺出版社

图书在版编目（ＣＩＰ）数据

怒放的花儿/朱海燕著. —合肥：安徽文艺出版社,2023.6
ISBN 978-7-5396-7728-6

Ⅰ．①怒… Ⅱ．①朱… Ⅲ．①长篇小说－中国－当代
Ⅳ．①I247.5

中国国家版本馆 CIP 数据核字(2023)第 044434 号

出 版 人：姚 巍
责任编辑：张 磊   装帧设计：徐 睿
....
出版发行：安徽文艺出版社   www.awpub.com
地   址：合肥市翡翠路 1118 号   邮政编码：230071
营 销 部：(0551)63533889
印   制：合肥创新印务有限公司 (0551)64456946
....
开本：880×1230 1/32 印张：6.625 字数：150 千字
版次：2023 年 6 月第 1 版
印次：2023 年 6 月第 1 次印刷
定价：36.00 元
....

目录

01. 灾难后的升旗仪式

今天的阳光像冰箱里的灯,虽然明媚依然,亮堂堂的,却没什么温度。随着倏忽吹来的一阵阵桂花味的风,空气中带着丝丝的寒意。然而此时此刻,站在操场上的这群孩子的心里却是暖乎乎的。今天是秋季开学第一天,省城苔花小学的全体师生在举行隆重的升旗仪式。苔花小学是一所可接收进城务工子女就学的定点学校,黄金瓜刚转来学校的时候,还问过老师学校名字的含义。宋老师说,学校的名字源于清代诗人袁枚的诗《苔》:"白日不到处,青春恰自来。苔花如米小,也学牡丹开。"意思是:明亮的阳光照不到的地方,生命照常在萌动,照常在生长。哪怕那如米粒一般微小的苔花,也丝毫不自惭形秽,依然像那美丽高贵的牡丹一样,自豪地盛开。学校取名"苔花",其办学目的就是希望:生长,是本能;开放,是目标;灿烂,是追求;风采,是个性,诠释着真正的自己!命运不同,环境各异,但梦想一样,都要努力生长和绽放。自然如此,人生亦如是。学校希望同学们,无论家庭环境如何,通过在校六年的学习,都能够做到自信、自强、自立,能够凭着坚强的毅力,突破重重困难,焕发青春的光彩。在那时候,刚刚入城的黄金瓜听得一知半解,然而在经历那场灾难获得重生之后,他才完全明白这所学校取名为"苔花"的原因。

今天学校为黄金瓜及其他五位同学举行一个特殊的升旗仪式。黄金瓜同学凭借自己的智慧和勇气,以及在乡下跟着爷爷进山采药时学习的一些生活技能,带领同学们战胜了灾难,走出了原始森林。今天的升旗仪式对于这六个孩子来说有着特别的意义,这是他们与死神较量后的一次重生!六个孩子站在人群中,脸上洋溢着坚毅而沉着的淡淡的微笑,此时此刻,他们比任何人都珍惜今天的升旗仪式,珍惜这个重生的机会,珍爱生命中的重逢。

主持人闫小格穿得干净利落,胸前佩戴着鲜艳的红领巾。她一手拿着话筒,一手拿着主持稿,步伐轻盈地走上升旗台。闫小格平时主持升旗仪式时都是那么淡定、那么从容,可今天站在升旗台上的她多了一分激动,多了一分感激,多了一分珍惜。她走到升旗台中间深深地吸了一口气,环视整个操场,看到眼前排列整齐的队伍,看到这熟悉的校园、老师和同学们,她的内心感慨万千。很快她收回目光,清了清嗓子,宣布升旗仪式开始:"全体立正,升旗,敬礼!"在悠扬的国歌声中,孩子们肃立注视着五星红旗冉冉升起。五星红旗迎风招展,同学们胸前的红领巾格外鲜艳,校园里怒放的花儿掩映着少先队员们,这画面格外和谐、美丽。

闫小格的脸上洋溢着灿烂的笑容,下面她要郑重宣布今天的发言人,就是那个勇敢、坚毅,一开始同学们都看不起的乡下孩子——黄金瓜。这个曾经同学们眼中呆头呆脑的黄金瓜,现在已经成了她以及其他同学心目中的英雄。

闫小格再次理了一下自己的思绪,进入主持状态:"下面请五(2)班小英雄黄金瓜给我们作国旗下的讲话。"闫小格声音略显沙哑,说完后她朝着黄金瓜站立的方向望去,向黄金瓜投去热切的目光。这种目光只有患难与共的"战友"才能领会,才能彼此恰如其分地理解和接收。

　　黄金瓜被念到名字的时候还是羞涩地笑了一下,随后便一改以前的胆怯,挺起胸膛,非常自信地走上升旗台,对周遭投来的或好奇或敬佩的目光都坦然接受。张婷婷、朱迪、乔麦、欧阳帅四个小伙伴在黄金瓜走向升旗台的那一刻,不约而同地相互对视,他们彼此已经形成了默契,大家都向金瓜做了一个胜利的手势,用鼓励的目光望着他们的"老大",一个让他们佩服的、名副其实的"老大"。当黄金瓜走过闫小格身边时,闫小格小声地鼓励:"金瓜,加油!"

　　今天,黄金瓜作为班级代表作国旗下的讲话,他的心里像打翻了五味瓶,他好想去拥抱每一个小伙伴,拥抱每一位老师。是这里的小伙伴给了他自我发展的舞台,用包容的心态接纳他、鼓励他、成就他,从此,他不再是刚进城时那个害羞、自卑的小男孩,他俨然成长为一名少年,一名"小战士",跟同学们融为了一体。黄金瓜有些激动,刚准备开口说话,但是话到嘴边好像舌头突然被什么东西"拽住"似的,想说却说不出来。同学们看到眼前激动得无法表达的黄金瓜,立马热烈地鼓掌,用掌声来鼓励他。同学们的掌声再一次激励了黄金瓜,他深深地呼了一口气,微笑着开口:"我是一名来自大别山区的孩子,感谢宋老师把我带到城里上学,让我走出阴影,自信地生活。感谢同学们的相伴,让我感受到了友谊的珍贵。感谢这次灾难,让我们战胜了自己,重拾了友谊,深切体会到了生命的价值。此外,地球妈妈为我们创造了无穷无尽的财富和美丽的风景,在这里,我也倡议:保护环境,保护地球母亲,让地震、泥石流、海啸等灾难远离我们。我们要用自己的实际行动来保护环境,让世界因我们而温暖。"

　　操场上再次响起了热烈的掌声。黄金瓜脸上洋溢着灿烂的笑容,在热烈的掌声中,他向全体师生深深鞠了一躬。

主持人闫小格目送黄金瓜走下升旗台,很快她又一次扫了一下台下的同学们,黄金瓜朴实而又真诚的话语,只有她和其他四个小伙伴更有感触,更有发言权。从发生泥石流到六个孩子齐心协力、克服重重困难走出原始森林,这些已经像一张张胶片深深地刻在每个人的脑海中,印在每个人的心中。闫小格眼睛里噙着泪水,因情绪激动,说话时也有些卡顿:"是啊……地球是我们……是我们赖以生存的母亲,母亲赐予了我们宝贵的自然资源,我们更要爱我们的地球母亲。接下来,掌声有请张校长为我们讲话。"

张校长既欣慰又有几分说不清楚的感觉,他迈着矫健的步子走向升旗台,站在那儿稍微停顿了几十秒,若有所思,又显得感慨万千:"亲爱的同学们,在这次泥石流自然灾害面前,黄金瓜等六位同学之所以能够顺利脱险,走出原始森林,与六个同学之间的互帮互助、团结协作分不开,与我们政府的大力搜救分不开。这次的成功脱险给我们教育工作者以及同学们提出了新的要求:我们是要做一朵温室里的花朵,是要做一名衣来伸手饭来张口的小公主、小皇帝,还是要做一名勇于实践、自信自强、能够全面发展的栋梁之材?是整天待在房间里啃食书本知识,还是走进大自然去触摸生命的本体?大自然是美丽的、神奇的,它赐予了我们灿烂的风景,也带给我们不为人知的灾难。只要我们懂得爱护、感恩,一定能与自然和谐相处!我希望同学们都能够在蓝天下自由呼吸,在知识的海洋里自由徜徉。"张校长的话音一落,操场上掌声四起,久久回荡。

黄金瓜站在原地,仿佛自己开始变得更加高大,更加坚强!微风吹拂着,每个人脸上的笑容更加灿烂,更加明亮。

至于这场已经过去的灾难究竟如何被战胜的,黄金瓜又是怎样成为小伙伴们心目中的英雄的,这还要回到那个美丽幽静的小山村,去认识一下我们这位小英雄。

02. 乡村生活拾趣

一条清澈见底的小河绕着村庄缓缓流淌，阳光洒在河面上，浮光跃金，偶尔有一条鱼蹿出水面，再落回水面，水花伴着涟漪一圈圈地向外荡开。绿草如茵的河滩上开满了不知名的野花，鲜艳欲滴，在风中摇曳，显得格外自在、轻松和欢悦。

黄金瓜带着黑娃、铁蛋、丫丫在小溪边一边放羊，一边玩耍。村上大部分孩子都跟着爸爸妈妈进城上学了，这四个留守儿童在同一所小学不同年级就读，黄金瓜就是他们的"首领"。黑娃名副其实，皮肤黝黑，身体虽瘦但很结实。铁蛋的脸圆乎乎的、浓眉大眼很讨人喜欢。丫丫是个扎着两条羊角辫、特别腼腆的小女孩，她简直就是黄金瓜的"小跟屁虫"。黄金瓜是他们几个当中最有主意的、最有智慧的，也是最受大家追捧的。打水漂是黄金瓜的强项，每次都是他的水漂漂的次数最多，漂得也最远。当然打得最烂的是丫丫这个小姑娘。丫丫虽然年纪最小，但是自尊心最强，每次玩游戏玩不过还不服气，还要拼命赖着他们几个小伙伴多来几个回合。

黄金瓜实在不忍心丫丫在打水漂游戏中哭鼻子，干脆宣布停止比赛，并且劝慰丫丫："丫丫，这样，我教你怎么把水漂打得又快又远，好不好？"

黑娃一听很不服气："金瓜，你不能偏心，我也要学。"

铁蛋立即附和："对，对，不能偏心，我们也想学。"

"好，好，我来教你们。"

黄金瓜一边给小伙伴们做示范，一边讲解动作要领："打水漂时，需要石子高速旋转，石子旋转得越快，水漂飞得次数越多。看我手的动作，锁定前方要迅速，不要犹豫，石子首次接触水，与水面成二十度角时水漂效果最为完美，因为从这个角度入水时，石子和水面的接触时间最短，损失的能量最少。还有石子飞出手时，最好可以自带旋转，这样可以让石子在运动过程中保持一定的稳定性，这其中主要是利用了陀螺仪原理。也就是说，只要你让它旋转，它就会跳跃不停歇，在水面上欢快地'舞蹈'。"这就是黄金瓜，一个打水漂的游戏也能玩得如此有高度、有理论。

黑娃、丫丫、铁蛋按照黄金瓜教授的方法，试了几次，果真有效。丫丫看到自己的进步，开心得一直拍手。四个山野孩子银铃般的笑声清澈无比，在山谷里回荡，为这个寂静的山谷增添了一些生机和活力。

黄金瓜还告诉小伙伴们："要想把水漂打得又多又远，选择石子也很讲究。"

"有什么讲究？"铁蛋好奇地问道。

"要想水漂打得好，选择扁圆盘状的石子才是最佳的，扔起来秒变飞！"

黄金瓜带领三个小伙伴在河滩上辨认那些可以让水漂更多更远的石子。在铺满密密麻麻的小石子的河滩上，一块淡黄色的形状酷似爱心的小石子吸引了黄金瓜的注意，这是一块特圆滑、特漂亮的鹅卵石。黄金瓜捡起那块酷似爱心的鹅卵石，欣喜地端详着，不自觉地发出赞叹："哇，真漂亮！"

黑娃、铁蛋、丫丫跑过去围着黄金瓜争着抢着要看看黄金瓜手里的鹅卵石:"捡到什么啦? 给我看看,给我看看。"

黄金瓜拿着鹅卵石,一会儿高举,一会儿藏在背后,躲避着小伙伴们的抢夺:"不给不给。"

黑娃噘着嘴,瞪了黄金瓜一眼:"哼,真小气,又不是什么宝贝,给我看看咋啦?"

丫丫轻声慢语道:"金瓜哥,我能看看吗?"

黄金瓜大方地将鹅卵石递给丫丫:"给。"

丫丫像是得到珍宝一样小心翼翼地捧在手心里:"哇,金瓜哥,你捡的石子好漂亮,像天上的星星。"

铁蛋抢过丫丫手中的石子翻来覆去地欣赏着,疑惑地自言自语:"我不觉得有什么好看的。"

黄金瓜见状忙上前拿回石子,揣在自己的口袋里:"我觉得好看就行。"说完径直离开了。

铁蛋追着黄金瓜:"你咋那么小气,不就是给我看看吗?"

丫丫看到黄金瓜离开,急忙跟在他身后。黑娃也跟着他们离开了。这么一块小小的石子对黄金瓜来说是很有意义的,因为妈妈特别喜欢形状各异的小石子。只要看到形状好看、光滑剔透的石子,黄金瓜就会捡起收藏到自己的小铁皮盒子里。小小的盒子里装满了拾来的形状各异的石子,那里蕴藏着黄金瓜对妈妈的思念。在某些夜晚,黄金瓜抱着盒子,摩挲着石子上的花纹,看着天边的星星,还会眼泛泪花。当然,这事他谁也没说过,毕竟在他心目中,小小男子汉可是不能随便掉眼泪的。

村头有一棵粗壮的老槐树,据说有上百年的历史了,树干上写满了沧桑,茂盛的枝干往四周展开,像一把巨伞,为在老槐树下嬉戏谈笑的乡亲们遮风挡雨。它见证了村里几代人的成长。

黄金瓜找了个废旧的纸盒,做了个射击的目标牌,中间画了个红色的圆圈,然后将这个目标牌用一根细麻绳系在老槐树垂下来的枝干上。今天村里的小伙伴们相约在此进行一次打弹弓比赛,比赛的规则就是:参加比赛的选手站在十米以外,每个人都有六次射击机会,谁的子弹射进红色圆圈的正中间次数最多,谁就是赢家。

今天的参赛选手有黄金瓜、铁蛋、黑娃,还有两个刚加入他们团队的新成员王小虎、张龙。王小虎、张龙也是他们一个村的,多年前就跟着父母进城上学了,这次是因为放暑假他们在城里没人照顾,暂时回村里跟着爷爷奶奶过一段时间。

五个小伙伴按照手心手背的游戏,决定了比赛的先后顺序。第一个上场的是黑娃,他拉起他的小弹弓,连发了六颗石子都没有打中红色圆圈,还有一发脱靶了。

第二个、第三个上场的分别是王小虎、张龙,他们的弹射技术与黑娃不在同一条水平线上,他们俩使用的小弹弓还是几年前做的,要么射得不远,要么就射偏了。由于长期生活在城市,这两个小男孩已经失去了乡下孩子的"野性"。

第四个上场的是黄金瓜,只见他神情严峻,架手,拉弓,瞄准方向后深深吸了一口气快速发射,石子不偏不倚正中红色圆圈。小伙伴们纷纷拍手叫好。

丫丫用既羡慕又崇拜的眼神看着黄金瓜,竖起大拇指:"金瓜哥,真棒!"

第二颗石子,黄金瓜同样神勇。接连第三颗、第四颗、第五颗,颗颗正中红色圆圈,让在场参战、观战的小伙伴们连声称赞。在射出最后一颗石子时,出了点意外——射偏了。尽管如此,相比之下还是黄金瓜出类拔萃,六颗石子有五颗射在红圆圈的正中间。

最后一个登场的是铁蛋,他非常小心地从包里拿出弹弓。这是一把十分抢眼的弹弓,所有人都被它吸引了。这把用很粗的老柳树的枝丫做的弹弓,呈"丫"字形,枝丫两头的皮筋很粗,皮筋中段包裹弹丸的皮块很厚实,一看就是一把选材用心、威力无比的弹弓。

铁蛋端起弹弓,眼睛眯成一条缝,由于弹弓上的皮筋很粗,拉弓时还是需要一些力气的。铁蛋使出臂力缓慢地拉弓,对准目标后快速弹射,一箭穿心,把目标牌射了一个洞。小伙伴们看得目瞪口呆。

黄金瓜走到铁蛋面前:"铁蛋,这场比赛你赢了。能不能把你的弹弓借我看看?"

"给。"铁蛋把手中的"神器"递给了黄金瓜。

黄金瓜羡慕地拿着"神器":"这真是一把上等的弹弓,做弹弓的人花费了不少工夫呀,关键是想找个这样上等的老柳树枝丫很难。"

"你真有眼光!这把弹弓是我今年过生日时爷爷送我的,我爷爷物色了好长时间才找到的原材料。"

"我如果也有一把这样的'神器'就好了。"黄金瓜自言自语道。

这时,一只麻雀飞过,黑娃指着麻雀喊道:"金瓜,麻雀,快射。"

黄金瓜准备搭弓射箭,试试弹弓的威力,转而他又放下了:"不行不行,书上说了要保护鸟类。"

远处有一只老鼠正在悠闲自得地觅食,而且相当大胆毫无畏惧,丫丫兴奋地指着老鼠:"看,那边有只老鼠,它可是我痛恨的,金瓜哥,射它。"

"是的,老鼠过街人人喊打。打死它,打死它。"铁蛋跟着叫喊。

黄金瓜搭起弓,眯眼瞄准,一石子射中老鼠,老鼠当场毙命。

铁蛋捡起老鼠举起来炫耀:"神枪手黄金瓜就是厉害!"

观战的小伙伴们纷纷拍手称赞:"神枪手,好枪法。"

小伙伴们的连声称赞让黄金瓜心里美滋滋的。他看到了一只老母鸡正在啄食,忙捡起一颗没有伤害力的小石子瞄准老母鸡,正好射中鸡翅膀,吓得鸡"咯咯咯咯"叫起来跑了。在乡下,玩弹弓、掏鸟窝、恶作剧是孩子们最喜欢的游戏。

一群山羊在河滩的草地上悠闲地吃着草,鲜嫩的青草是山羊的最爱。在柔和的微风中,山羊快乐地享受着大自然的馈赠。黄金瓜坐在柔软的青草地上,耳畔是潺潺的流水声以及与之相伴的鸟鸣、松涛声。黄金瓜双手托腮仰望着蓝天,天上白云映衬着阳光,有的像白马,有的像飞鹰,有的像棉花糖……真美,他尽情地遐想着,思绪在无边无际的蓝天中回旋:它能不能带着我在空中自由飞翔,越飞越远,越飞越高,飞到云端,飞到宇宙,飞到妈妈的身边?……

今天傻叔二愣收获很大,他找到了好几片形状不一的树叶,这些树叶都能成为他最好的"乐器",这也是二愣叔最大的寄托和乐趣。二愣叔远远地看到了黄金瓜,急忙兴奋地飞跑起来,边跑边喊:"金瓜,金瓜,瞧! 我找到了好多树叶,我找到了好多树叶,各种形状的都有。"

二愣叔的喊叫声打破了黄金瓜的遐想,黄金瓜忙起身去迎接。二愣叔虽然有些"傻",但只要没有事情刺激他,大部分时间他都是正常的。村上大部分村民不让孩子跟他接触,害怕他犯病了会伤害到自己的孩子。只有黄金瓜愿意跟二愣叔相处,而且相处得很融洽,二愣叔也特别依赖黄金瓜。

黄金瓜开心地嚷道:"二愣叔,太好了,再教我吹树叶吧!"

于是二愣又开始教黄金瓜用树叶吹各种鸟叫声:麻雀、喜鹊、百灵鸟、啄木鸟……只见他将两片叶子对齐,双手食指和大拇指分别捏住叶子的两头,缓缓将叶子放到嘴边,然后闭上双眼,各种清脆的"鸟鸣声"在微风中飘荡,一直飘到远方,与大自然融为一体。用树叶吹出动听的、美妙的声音是这一老一少最简单的幸福。

黄金瓜笑着问道:"二愣叔,你会不会吹曲子?"

二愣叔点点头。

"太好了,那你给我吹首歌吧。"

二愣叔吹起了歌曲《铃儿响叮当》。黄金瓜跟着音乐节奏用手打着节拍,开心地笑着:"好听,好听,教我吹,教我吹。"

二愣叔傻笑着,又开始教黄金瓜用树叶吹曲子。只见二愣叔唇边的叶子颤动越来越快,歌声也越来越清亮,只觉着有一股带着树叶清香的风在心底盘旋,然后变成清凉的泉水向身体各处流去,整个人都通透了,变得轻松了。

清脆的乐声在深深的山谷里回响,偶尔有几个劳作的老农听见这乐声停下了手上的活计,抬起头去寻这乐声的来源,看到这一老一少的背影,竟然生出几分羡慕来。

03. 河滩偶遇宋老师

一辆黑色的越野车飞快地奔驰在乡村的小道上,在村口的河滩边停了下来。

从车上下来一位长发飘飘、身着一袭白衣、非常有气质的女子,她从车上拿下画夹和一个行李箱,走到驾驶室跟前与黄天顺击掌约定:"OK,就这样说好了。"

黄天顺做了个手势:"OK!"

女子背着画夹拖着行李向村里走去,眼前的青山碧水吸引了她的注意力,她情不自禁停下脚步掏出手机拍起照片。拍了一会儿后,她兴奋地把行李放在一边,拿出画夹和颜料,开始挥舞起画笔。对于一个画家,一个热爱、痴迷于绘画的画家来说,唯有把眼前的景色画下来,才能淋漓尽致地表达出对美景的喜爱之情、对大自然的眷恋之情。

正在教黄金瓜吹树叶曲的二愣叔看到不远处有个身着白色长裙的女子,他扔掉手中的树叶,愣了好一会儿,异常兴奋地朝女子跑去。黄金瓜莫名其妙地看着二愣叔的背影,远远地呼喊:"二愣叔,咋的啦?"可此时的二愣叔早已经跑远了。

二愣叔跑到女子身后,仔细地打量了一番,快步走到女子身边,拉起女子的手就走:"媳妇,我终于找到你了。走,回家,我带你回家。"

女子被这突如其来的莽撞男人吓得不轻,扔掉手中的画笔和颜料盘大声叫道:"来人呀,来人呀!"

二愣叔把女子拉得紧紧的,生怕她再次丢失,使出全身力气把女子往家的方向拖拽。女子脸色煞白,心跳加速,一边挣扎,一边大声呼救:"来人呀,来人呀!"

黄金瓜急忙跑过去,拦住二愣叔,忙劝说:"二愣叔,冷静点,听我说,这不是你媳妇,不是你媳妇。"

"是我媳妇,就是我媳妇。"二愣叔可听不进去,还是死死地拖拽女子。

黄金瓜看劝说没用就去拽二愣叔的手,可二愣叔死死地拽住女子不放。女子挣脱不了,吓得两眼发直。看这架势,劝说毫无用处,再这样纠缠下去,黄金瓜害怕开始烦躁不安的二愣叔会犯病伤着眼前的这位陌生人。情急之下,金瓜对着二愣叔的胳膊狠狠地咬了一口。

"啊——"二愣叔疼得大叫一声放开手。他看看自己的胳膊,又准备去拽女子。

黄金瓜挡在女子面前:"二愣叔,看着我,看着我,我是金瓜。你仔细看看,这是我姨,不是你媳妇。你再欺负我姨,以后我就不跟你玩了。"

二愣迟疑了一下,稍微回过一点神,傻傻地挠挠头:"不是我媳妇?那我媳妇呢?"

黄金瓜急中生智:"你媳妇已经回家了,她正在家等你呢,你赶快回家吧。"

二愣叔笑着,跳着,像个孩子似的:"哦,那我要赶快回家去,我媳妇回来了,我媳妇回来了。"二愣叔一边自言自语,一边忙朝家跑去。

惊魂未定的女子望着二愣叔远去的背影,松了口气,心情也稍微平复了一点。她整理一下自己的衣服及头发,然后朝着黄金瓜走过去,感激地用手摸摸他圆乎乎的脑袋,微笑着问道:"小朋友,谢谢你。你叫什么名字?"

"黄金瓜。"

"哦,黄金瓜呀!"

"怎么? 你认识我?"

"不不,不认识,我就觉得你的名字好有趣。刚才、刚才那位是?"女子心有余悸,说话时还是有些语无伦次。

"哦,他呀,是我们村上的傻叔,我们都称呼他二愣叔。"

"傻叔? 二愣叔? 他没有名字吗?"

"有的,他叫黄建设,只是他后来变傻了,我们都喊他二愣叔。"

"傻了? 为什么?"

"嗯,听我奶奶说,其实原来二愣叔很聪明,在我们村上,他学习算是最优秀的,高中时考上了大学,因为交不起学费就放弃上学到城里打工。在城里打工后,他娶了个漂亮的媳妇,后来因为难产死了,他的孩子也因为生病离开了他,一连两个最亲的人相继离开,这对他打击太大,后来他就傻了。"

"哦,看来二愣叔挺可怜的。"

"是呀,你别看他傻乎乎的,但他可聪明啦,会写文章,会做手工,还会用树叶吹出动听的声音和歌曲呢。二愣叔平时是很正常的,可是只要有什么事刺激到了他,就会犯病。"

"嗯,真是命运多舛。但是上天是公平的,为他关上一扇门,一定会为他打开一扇窗。"女子边说话边收拾散落在地上的画笔、颜料,黄金瓜连忙帮着收拾。

"金瓜,我看你跟二愣叔相处得挺好的,你不害怕他犯病吗?"女子追问道。

"二愣叔失去了最亲的人,本来就很可怜,村上若也没人敢接近,那他就更可怜了。我呢,和他玩熟了,他不会伤害我的。别看他看上去傻乎乎,但他真的很聪明,还教我用树叶吹出各种鸟鸣声,我可喜欢了,和他在一起玩得很开心。"

"真是个善良的孩子! ——对了,金瓜同学,能不能帮我一个忙?"女子请求道。

"可以呀,什么事?"

"是这样的,这里风景太美了,我想找户人家住下来写生。"

"写生? 什么叫写生?"金瓜用好奇的眼睛看了看女子。

女子微笑着:"写生就是画画。"

"画画? 你是美术老师吗?"黄金瓜有些惊喜。

"是的,我是一名美术老师。"

"真的呀? 这可太好了!"黄金瓜一直非常喜欢画画,但无奈村上的学校没有专业的美术老师,这回有个专业的美术老师站在他面前,不免有些激动。

"你们村上有没有能提供食宿的人家?"

"有,我家就可以。我可喜欢画画了,就住我家吧。"黄金瓜用渴求的目光看着女子。他太喜欢画画了,他希望女子能够住在自己家。

"你家合适吗? 家里有哪些人?"

"只有我和奶奶。"

"你父母呢?"

提到父母,黄金瓜难受中又夹杂着些许不悦,他望了望女子,随之低下头不吱声。女子看出了黄金瓜的心思，关于父母的信息，他是抗拒的，不愿提及的，这是个一谈到父母就有防备心理的孩子，看来不适合再问下去了。

女子转移了话题，谈及金瓜感兴趣的事："金瓜，你真的喜欢画画？"

"是的，我真的好喜欢画画，你就住我们家吧！"黄金瓜拽着女子的衣袖，苦苦哀求着，而后又眨眨眼睛，"老师，你来我家教我画画，我免费给你做好吃的，怎么样？我做的西红柿炒蛋可是一绝！"

女子心里已经打定主意去金瓜家，可是她故意做出为难的样子："金瓜，我还打算去别家看看，到底哪家比较适合居住。"

黄金瓜看到她犹豫，立马跑到她面前，用非常真诚、渴求的目光盯着她："美丽的漂亮的阿姨，你就别到处打听了，我家是最合适的。我保证你住在我家，我会照顾你，不让你受委屈。"

女子笑着说："既然金瓜这样说了，盛情难却，别的地方我也不去了，就住在金瓜家，怎么样？"

"耶！"金瓜高兴得手舞足蹈。

"对了，美丽、漂亮的阿姨，我还不知道您姓什么、叫什么。"

"我姓宋，叫宋敏。"

"以后，我就拜您为师，称呼您宋老师吧？"

宋老师望着黄金瓜微笑着点点头。

黄金瓜站在宋老师跟前双手作揖，弯腰叩拜："宋老师好！"

宋老师再次摸了摸黄金瓜的脑袋，这是她第二次抚摸黄金瓜，比第一次的抚摸感情又进了一步："金瓜同学好！"

黄天顺将车缓缓地停在家门口，从后备厢大包小包提了很多礼物。每次回家乡看望母亲和儿子,他能做的就是买一大堆吃的、用的,这是他作为儿子、作为父亲,最能表达自己情感的方式。

黄金瓜奶奶此时此刻正坐在院内剥着毛豆米,嫩绿的毛豆米一粒粒散落在盘子里。

"妈,我回来了。"黄天顺老远地就向院子的方向喊道。

"儿,回来了。"黄金瓜奶奶应声道。

黄天顺把所买的礼物全拎到屋子里,并从屋里拿出一件新衣服。

"咋又买这么多东西?你挣点钱不容易,省着点花。"金瓜奶奶节约惯了,既对儿子的孝心感到欣慰,又舍不得儿子乱花钱。

"现在有条件了,孝顺您是应该的!妈,来试试看,这是您儿媳妇给您买的。"说着,黄天顺就帮着母亲把新衣服套在身上。

"我有衣服,我一个老婆子穿那么好有什么用?不要,不要。"金瓜奶奶边说边打量着这件新衣服。

"这是您儿媳妇的一片心意。瞧,多合身,多漂亮!"

"哎哟,太花了,太花了,我一个老太婆穿这么花怎么见人?脱下脱下,赶明儿回城把它退了。"黄金瓜奶奶说着就把刚试过的衣服脱了下来,接着剥豆米。

黄天顺帮着一起剥豆米:"妈,这件衣服是您儿媳妇在城里买的,买了好长时间,退不掉了,您就安心地接受吧。"

"太花了,我穿不出去。"

"很朴素的一件衣服,我知道您就是心疼钱,不想让我乱花钱。"

"是呀,妈知道你在城里做生意不容易,你要节约。"

"妈,这几年,我的收入很可观,勤俭节约是您一直教导我的,我一直记着呢。这一年到头给您买两件衣服不算浪费。"

"儿呀,什么时候把你媳妇带回来,妈还一次没见过她呢。"

"妈,现在时机还没成熟,等有机会,您会见到的。"黄天顺神秘地笑笑。

黄天顺有一些日子没回家了,此时夕阳斜照在院落里,老母亲和儿子坐在院子里一边聊着天一边剥着豆米,这就是最真实的、最温馨的画面,亲情是需要陪伴的,是物质无法取代的。

最让人纠结的、最让人烦心的事就是让黄金瓜随父亲进城上学的事。

"儿呀,你几次试着接金瓜进城,他都不愿意,这娃倔呀!再让他接受一个后妈,唉,难哦!"黄金瓜奶奶深深地叹了一口气。

"妈,不着急,慢慢来吧。这么多年,我一直在外面奔波挣钱,很少顾及他、陪伴他,孩子跟我没什么感情很正常。"谈起儿子进城上学的事,黄天顺也很无奈,从内心来说,他亏欠儿子的很多,他渴望儿子能跟随他进城享受良好的教育,但又害怕儿子内心抵触反而伤害了孩子,所以对于儿子进城上学这件事,只能采取长时间的"磨功"战术,慢慢让孩子自己领悟,心甘情愿地答应进城上学。

"妈,金瓜呢?"

"跟他二愣叔放羊去了。"

"这孩子,老跟傻叔在一起玩咋行?乡下的教育条件跟不上,教育资源有限,再这样玩下去就玩荒废了。"

"是呀,咋整呢?都愁死人了。"黄金瓜奶奶一提到孙子的学习就一脸愁容,可她就这么一个孙子,一个和她相依为命的孙子,没有了妈妈的孩子更是让人心疼,更需要关爱,孙子如果真的进城上学了,老太太心里还真舍不得,放心不下。

这时,黄天顺的手机响了,他站起身走到一边接电话,回来后忙跟母亲打招呼:"妈,公司有急事,我要赶回去。"

黄金瓜奶奶丢下手中的活儿望着黄天顺,一脸的无奈:"啥事,急匆匆的?明天再走不可以吗?好不容易回来一趟,连儿子的面都没见上,你又要走。"

"妈,不行,非常重要的事,我必须赶回去处理。等金瓜想通了,我再来接他吧。"说完黄天顺匆忙地往外走。然而上了车不过半分钟,他又下来了,小跑着到老人家面前,有些别扭地把一本漫画书塞到老人手里:"这本漫画书金瓜之前不是念叨过吗,我就顺便给他带回来了,您帮我给他吧。记得嘱咐他看书注意保护眼睛!"

黄金瓜奶奶拿着漫画书,看着儿子别别扭扭表达爱意的表情,也露出了微笑。世上哪有不爱自己孩子的父母呢?只是他父子俩都倔,都不会表达爱意罢了。老人家颤颤巍巍地走到院子外,目送着儿子的车渐渐远离了自己的视线,叹了口气,依依不舍地回了院子里。她看着院子里装着毛豆米的篮子,有些伤感,仿佛还能看到儿子和自己坐在一起剥毛豆米的情景。

黄天顺离开不久,黄金瓜就领着宋老师、赶着羊群回来了。黄金瓜把羊赶进羊圈,刚到院门口就大声喊起来:"奶奶,奶奶,我们家来客人啦!"

"客人?"黄金瓜奶奶连忙走到院子外迎接。

"金瓜,这是?"黄金瓜奶奶上下打量了一番宋老师,疑惑地问道。

"奶奶,我带来一位画家阿姨,她要住在咱家。"

"画家,那敢情好。闺女,我们乡下条件差,不会委屈你吧?"

"奶奶,我就喜欢这种原生态的生活。"宋老师亲切地跟金瓜奶奶说道。

"只要你不嫌弃我们乡下生活,那敢情好。金瓜,赶快给客人收拾一下房间。"

"好嘞!"黄金瓜说完冲到屋子里去收拾房间了。黄金瓜把屋子收拾好之后,把宋老师领进房间。

"宋老师,欢迎回家!"

"谢谢金瓜!"

"宋老师,今天劳顿辛苦了,您先休息一会儿,等晚饭做好了,我再来请您吃饭。"

"谢谢,是有点疲乏,那我先休息一会儿。"

黄金瓜安顿好宋老师就去帮奶奶做家务。金瓜奶奶也跟在金瓜身后进了堂屋,她把手上的漫画书递给了黄金瓜:"金瓜,这个是你爸爸带给你的,他上次听你说想要漫画书,这次特意买回来给你的嘞。"

黄金瓜心下一软,却又装作不在意的样子继续擦桌子:"他什么时候回来的?怎么不当面给我?"

"唉,你爸爸不是忙吗,接了个电话就走了。但他还是很关心你的。"

黄金瓜撇撇嘴一言不发,又是为了工作,这几年他和爸爸见面的机会扳着手指头都能数得过来。虽说有些失落,他还是把抹布放下,把手在衣服上来回擦了几下,才小心翼翼接过那本漫画书,就像是接过了父亲无言的爱意。

早晨的沟村,天空一碧如洗,微风轻拂着树叶,鸟儿在枝头欢快地歌唱。绿水青山就是金山银山,对于大山来说,新鲜的空气就是它的财富。

奶奶拎着一篮子的衣服准备去河边清洗,正好被准备去厨房做早饭的金瓜看到了,金瓜连忙跑过去抢过篮子:"奶奶,等我把早饭烧好了,我去洗。"

"不用,奶奶还能洗得动。"

刚好宋老师端着一盆衣服从屋里走出来,她连忙从金瓜手里拎过篮子:"金瓜,我也准备去洗衣服,我来帮你们洗吧。"

黄金瓜有点无所适从:"不不,宋老师,我自己去洗。"

"那可使不得,你是客人,我们哪好意思让客人帮我们洗衣服?"奶奶也连忙走到宋老师身边不好意思地说。

"奶奶,您就不用跟我客气了,我住在你们家也不收我房钱,我总要帮你们做点事吧?"宋老师说完就拎着篮子向院外走去。

早晨的河水还是有些凉的,对于一个来自城里的老师,在清凉的河水里洗衣服还是需要一定的吃苦精神的。宋老师虽然生活在城市,但是她是个吃得了苦、耐得了寒的女子。她蹲下身子,试探着感受一下河水的温度,片刻后就适应了这清凉的河水,开始在河里清洗起衣物。

赶着羊群的二愣叔刚好路过,当他看到正在河滩边洗衣服的宋老师的背影,他又产生了看到自己媳妇的错觉。

二愣叔连忙丢下羊群蹑手蹑脚地来到宋老师的身后,他一把抱住宋老师:"呵呵呵,媳妇,媳妇,我终于找到你啦!"

宋老师再次被突然冲出的二愣叔吓得不轻,她大叫一声,扔掉手中的衣服站起身,一把推开二愣叔就跑。二愣叔穷追不舍,宋老师跑到哪个地方,他就追到哪个地方,宋老师吓得流下眼泪,无助地求救:"听我说,你冷静一下,好好看看,我不是你媳妇,不是你媳妇。"

黄金瓜刚好来河滩找宋老师,看到这个情景,忙捡起地上的木棍就朝着二愣叔跑去。此时此刻,他只想保护宋老师,不能让宋老师受欺负。黄金瓜像一匹脱缰的小马驹飞快地朝宋老师奔去,他边跑边大声喝止道:"二愣叔,住手,不许你伤害我姨!她是我姨,不是你媳妇。"

二愣叔看到黄金瓜举着粗壮的木棍,气势汹汹地朝自己奔过来,愣了愣,然后停止了拦截行动,掉头就跑。

黄金瓜因一时着急跑得太快,一不留神摔了一跤:"哎哟!"

"没事吧?"宋老师急忙跑过去扶起黄金瓜,上下打量了一下,拍拍他身上的灰土,"怎么样?刚才没摔到哪里吧?"

黄金瓜捋起袖子看看胳膊,胳膊上蹭破了皮。

宋老师紧张地叫道:"呀,摔伤了?"

黄金瓜若无其事地说:"没事,蹭破了点皮。"说完他把袖子放了下来,拍了拍身上的灰土。

宋老师心疼地说:"走,赶快回去擦点药消消毒,我带了碘酒和红药水。"

这点小擦伤对于在乡下长大的黄金瓜来说那就是家常便饭。黄金瓜连忙安慰宋老师:"没事,没事,不需要擦药。"

宋老师疑惑地望了望黄金瓜:"真没事?"

黄金瓜笑着说:"真没事,这有啥,蹭破点皮而已,不算伤。走,我们一起去洗衣服。"

河滩边,宋老师在河水中清洗着衣服,尽管没有城里用洗衣机洗衣服方便,但这里有清新的空气,有清澈的河水,有动听的鸟鸣,还有这个可爱、善良的小男孩——黄金瓜。宋老师微笑着,享受着这种田园生活,这种温馨和自由。

回家路上,两人经过一间小小的鸡棚,瞥到鸡窝的黄金瓜突然灵机一动。他装作紧张兮兮的样子,一猫腰,回头对宋老师说了一句:"小心!"

宋老师也被他这种紧张的神情传染了,不由自主地也弯下腰,凑过去,用气声问黄金瓜:"怎么了?"

黄金瓜眨眨眼睛,凑到宋老师耳边说:"你看那只老母鸡身下,多半是护着刚下的鸡蛋,我去摸几个,回去给你做西红柿炒蛋。"

宋老师听了这话,眼睛圆睁:"啊? 这个可以拿吗?"

"哈哈,没关系的,不过咱要小声点,别惊了院子里的大黄狗。"

话音刚落,还没等宋老师说什么,黄金瓜几个箭步就翻到了院子里。只见他猫着腰,贴着墙根走,脚步轻巧地起落,几乎没有什么声音。然而在快要走到鸡棚前的时候,不远处睡觉的黄狗却像是被扰了梦,眯着眼睛晃了晃脑袋。宋老师随之呼吸一滞,目光紧张地在黄金瓜和大黄狗之间转换。黄金瓜也停下了脚步,做了个深呼吸,一侧头,正好和警觉的大母鸡对视了。还没等黄金瓜做出下一步的动作,母鸡就先声夺人,昂起脑袋咯咯哒叫了起来。黄金瓜一看这情况便迅速跳进鸡棚,两只手一兜抱住母鸡的翅膀,把母鸡放到边上的软草窝里,然后眼疾手快地摸出两个鸡蛋,一阵风似的往小院外跑。这速度太快,以至于还没完全睡醒的大黄狗刚刚后知后觉地叫起来的时候,黄金瓜已经跳出了院子。

宋老师看着眼前刺激的一幕,还没反应过来,手里就被塞了两个鸡蛋。宋老师看着眼前这个身手敏捷的小伙子,不免赞叹,然而心里还在咚咚打鼓:"咱们这样,不太好吧?"

黄金瓜看着眼前这个依旧紧张兮兮、小声询问的人,知道她想岔了。他却没有立刻解释,只是调皮地眨了眨眼睛。"现在后悔可来不及了哟,"他瞥了眼宋老师手上的鸡蛋,"老师,你也是我的同谋了。"

宋老师一惊,刚准备拉着黄金瓜把鸡蛋还回去,院子里就走出来一个妇人。她捏着扫帚叉着腰:"大黄,又瞎叫什么?"

宋老师暗道不好,像是回到童年时代成了恶作剧被抓包的小孩子,条件反射似的把握着鸡蛋的手藏到身后,又为这条件反射般的反应霎时脸红了。

没想到黄金瓜却像是自投罗网似的把她藏在身后的鸡蛋拿出来,高高举着说:"李嫂,借你家两个鸡蛋炒个菜,下回还你行不?"

那妇人看到黄金瓜,瞬间笑成了花:"你这孩子说什么借不借的,再这么说李嫂下次可不敢去你家摘西红柿、拔小萝卜了。"

宋老师看着黄金瓜和李嫂相谈甚欢,聊了好几句,这才后知后觉地明白刚刚黄金瓜是在逗她玩呢。一直到他们告别李嫂,她身边只有黄金瓜了,宋老师才开口问他:"你其实不用偷偷拿的,对不对?"

黄金瓜有些不好意思地挠挠脑瓜:"嘿嘿,有的时候生活也需要一些乐趣嘛。不说了不说了,咱们回家,中午我给你做我的拿手菜——西红柿炒鸡蛋。"

宋老师看着黄金瓜的样子,想板着脸装生气,却还是忍俊不禁,总觉得这个鬼机灵的孩子实在是比城市里看到的一些被补习班和家长的期望压抑住的孩子活泼得多。

经过了这次"吓退傻叔"和"偷蛋事件",黄金瓜和宋老师两人亲密了许多,黄金瓜把宋老师当成了和自己有"革命"友谊的忘年交,而宋老师和黄金瓜在一起的时候也总像个大小孩。

04. 雨夜急救

晚来风急,夏天的雨说来就来,开始时飘飘洒洒,转瞬间铺天盖地。没过多久,本就不小的雨下得越来越急了,狂风怒吼,风雨交加,窗户被风雨击打发出咯吱咯吱的声响,老屋的木门在风雨中也显得沧桑无力。风声、雨声,再加上咯吱咯吱的门窗的响声,在这个伸手不见五指的黑夜,在这个被大山环绕的孤寂的小山村显得格外瘆人,似乎整个山村将被这风雨吞噬一般。

黄金瓜突发肠炎,上吐下泻,还发着烧。奶奶坐在床边着急地给孙子揉着肚子,嘴里不停地念叨着:"这咋整呀?烧得这么厉害?金瓜,忍一忍,等天亮我们就可以去卫生所了。"

黄金瓜蜷缩着身子,额头上渗着汗珠,他捂着肚子痛苦地喊着:"奶奶,疼,肚子好疼。"

黄金瓜刚说完,又大口吐起来。尽管风雨交加,但是风雨声没有掩盖住黄金瓜因疼痛发出的喊叫声,正靠在床上看书的宋老师隐约听到了动静,她急忙起身跑到金瓜的房间。

"怎么啦?"宋老师着急地问道,面前的黄金瓜面色苍白,着实让宋老师感到担心和不安。

"不知娃白天吃什么不净的东西了,上吐下泻,还烧得厉害。这可咋整?"奶奶担心地说。

宋老师摸摸金瓜的额头:"呀,好烫呀!可能是急性肠炎,赶快送医院。"

黄金瓜奶奶着急地说:"我们这里没有医院,只有卫生所。再说天这么黑,雨那么大,怎么去呀?"

"是村头的卫生所吗?"

"是的。"

宋老师忙给黄金瓜套上外套,紧接着去找了一件雨衣给他披上:"奶奶,我来送。"

"不可以,天太黑,山路滑不好走,又下雨,你一个姑娘家怎么走得了?"尽管金瓜奶奶十分担心自己的孙子,同样她也担心宋老师在这么黑的雨夜会出现意外。

宋老师没有丝毫犹豫,立即背起金瓜:"奶奶,金瓜烧得厉害,再不送卫生所会很危险的。好在卫生所就在村头,几步路就到了。"说完,宋老师就背着金瓜朝伸手不见五指的雨夜冲去。

此时的雨下得更猛烈了,狂风怒吼,似乎要把整个山村吞噬。宋老师将手机的手电筒打开,放在上衣的口袋里,借着手电筒的亮光,吃力地在狂风暴雨中小跑着。雨水早就打湿了她的鞋,有好几次她差点摔倒,因为身上背着黄金瓜,她要在保持速度的同时,保持身体的平衡,不能让黄金瓜从背上摔下来。雨下得越来越猛烈了,雨水模糊了双眼,这让在黑夜里摸索前进的宋老师更加困难,她还是凭着感觉深一脚浅一脚地小跑着,此时此刻她已经顾不得擦擦脸上的雨水了,在她的脑海里,只有一个信念:与时间赛跑,让孩子得到及时的救治,孩子的生命大于天。

黄金瓜趴在宋老师的身上,有气无力地关心着宋老师:"宋老师,您小心点,要不让我自己走?"而此时的宋老师只管一个劲地往前冲,没有一点点其他想法,也来不及有其他想法。走了大概十五分钟,宋老师把黄金瓜送到了卫生所。这时候,宋老师全身已经湿透了,汗水中夹带着雨水,雨水中夹带着汗水。值班医生立即采取急救措施,给黄金瓜做了检查,吊上水。

全身湿透的宋老师接过医生递过来的纸巾,擦了擦脸上的雨水。她静静地坐在黄金瓜的身边,看着他,时不时还会抚摸金瓜的额头,关注他的烧退了没有。一直等到黄金瓜的脸色渐渐由煞白变得正常,宋老师才安下心来。

迷迷糊糊睡过去的黄金瓜终于转醒,一睁眼,看到宋老师疲惫地趴在床沿边睡着了,他心里暖暖的,又想起了自己的妈妈。那年夏天自己生病、发高烧不退的时候,妈妈担心地在床边守护了一整个晚上,又是换毛巾又是摇着蒲扇给他赶蚊子,妈妈的温度、妈妈的关爱一直铭刻在金瓜的心里。望着眼前守护自己一整夜的宋老师,再想起昨夜她不顾一切送自己来卫生所的举动,黄金瓜心底泛起久违的感动,望着宋老师疲惫的睡姿有些出神。

不知什么时候,雨悄悄地停了,风也屏住了呼吸,山中一切变得非常幽静。鸟儿又啼啭起来,仿佛在倾吐着浴后的欢悦。树叶被雨水冲刷得青翠嫩绿、晶莹剔透,凝聚在树叶上的雨珠还在一滴一滴地往下滴,滴落到路旁的小水洼中发出清脆的声响。空气中弥漫着厚重的泥土味,亲切、舒爽。

窗外的鸟鸣声唤醒了宋老师,黄金瓜看着趴在病床边的宋老师胳膊一动,知道人就要醒了,却不好意思让宋老师知道自己看了她半天,于是连忙闭上眼睛装睡。宋老师慢慢睁开眼睛,一抬头就看到了乖巧地躺在床上的黄金瓜,摸摸他的额头,烧已经完全退去。看着熟睡的黄金瓜,宋老师这才放下心,露出一个欣慰的笑容。宋老师整理了一下黄金瓜的被褥,安静地坐在床边。此时宋老师隐隐地感觉到了身上的疲惫,裹在身上的衣服还是湿漉漉的,身上的肌肉也酸痛得不行,尽管很疲倦,她还是坚持守在金瓜身边,生怕孩子病情有什么变化或者醒来后有什么需求。

奶奶一大早就匆忙赶到了卫生所,她一进门就径直走到孙子床边,用嘴唇轻轻地贴了贴孙子的额头,明显地感到孙子的体温已经恢复正常,才从一开始的担心、紧张中慢慢放松下来。

宋老师安慰奶奶:"奶奶,瞧金瓜睡得多香呀,明后天再吊两次水就完全好了。"

黄金瓜奶奶拉着宋老师的手,一种发自内心的亲切感油然而生:"闺女,多亏你呀。谢谢,谢谢!"

"奶奶,不客气,应该的。"

"丫头,你辛苦了一夜赶快回去休息,我已经熬好了粥,你回家先吃上一碗再睡一会儿。"

"不不,我不困,等金瓜吊完水,我们再一起回去。"

两个人说了许久,黄金瓜装睡也装不下去了,他轻轻咳嗽一声,奶奶、宋老师连忙转身将目光投向黄金瓜。

"金瓜,你醒了。"奶奶连忙坐到金瓜身边,暖心地望着金瓜。

宋老师倒了热水,她一手端着水,另一只手扶着黄金瓜坐起来,她用嘴唇轻轻抿了一口,确认过温度后再将杯子送到金瓜嘴边喂他喝水。这画面俨然一个母亲在照顾自己的孩子。

奶奶急忙站起来将保温桶里的粥倒进碗里,端到孙子跟前:"饿了吧? 快喝点粥。"

黄金瓜看了看粥,又看了看宋老师,用微弱的声音说道:"宋老师,您先回去休息吧。"

"我等你吊完水一起回去。"

"不行,您守了一夜,湿衣服一直裹在身上会感冒的。"

"已经快干了,你就别担心我了。"

"您如果不回去,我就不喝粥了。"

"好,好,你先喝粥,让奶奶先照顾你,我回去换衣服。"

"丫头,赶快回去吧。"

宋老师走到卫生所门口,还不放心地回头看了看,看着奶奶正在一口一口地喂金瓜喝粥,她才放心地离开。清晨的阳光洒在宋老师的身上,尽管是阳光灿烂,但浑身潮湿的宋老师还是明显感觉到了一股寒意。宋老师把衣服紧了紧,加快了步伐。在晨曦中,她的身影显得更加柔美!

黄金瓜喝了粥,又配合医生做了个检查就没事了。临行前医生还对金瓜说:"幸亏昨晚背你来的女士来得及时,回去可要好好感谢她。"黄金瓜眨眨眼睛,说了句:"那可不是,必须的!"他接过奶奶手上的粥桶,谢过医生,就径直朝家走去。虽然还是有些虚弱,不过他身体底子好,昨晚又休息得当,身上的气力也在快速恢复,一路小跑着回到了家。

"宋老师,我回来啦!"黄金瓜一进屋就打起精神喊道,想给宋老师一个惊喜,没想到却没有人回应。

"宋老师?"黄金瓜小声喊着宋老师,跨进房间,一扭头,看见躺在床上的宋老师眉毛蹙成一团。

黄金瓜赶忙跑到床沿摸摸宋老师的额头,有些微烫,而他手背的凉也唤醒了睡得迷迷糊糊的宋老师。宋老师的声音有些暗哑:"金瓜,你回来了!"

"宋老师,您怎么生病了?哎呀,都怪我这乌鸦嘴,说什么穿湿衣服睡觉会生病,呸呸呸。我这就去卫生所给您开点感冒药回来。"

宋老师被黄金瓜逗得浅浅地笑了一下,连忙拉住黄金瓜的衣角:"没事儿,你别忙了。我只是嗓子有点疼,躺一会儿就好了。"

"那咋行?我摸您的脑门都有点烫嘞,"黄金瓜一边说着,一边转过身露出并不宽厚的后背,"这下轮到我背您去卫生所了。"

"金瓜,别瞎闹!咳咳,你自己的病才刚刚好一点,又想让我担心是不是?"

黄金瓜看着宋老师嗔怪的表情,瞥了一眼宋老师抓住自己衣角的手,笑得像一只可爱的小狐狸:"好,那咱们各让一步,我也不背您去卫生所了,但是您也不许拦我去给您买药,而且药买回来之后,一定要好好吃药,怎么样?"

"好,"宋老师看着眼前这个机灵的孩子,不得不妥协,更何况她知道黄金瓜也是担心自己才故意用了点小计策,"那金瓜,拜托你了。但是你的病刚好,休息休息再去吧。"

两人说话间,奶奶也到家了。她在门口就听见了两人的对话,这会儿连忙走到宋老师身边:"怎么了,大闺女?你生病了?"

"奶奶,宋老师她嗓子发炎了,还有点低烧,我去一趟卫生所给宋老师买药。"黄金瓜细心,担心嗓子发炎的宋老师再说话嗓子会更难受,所以帮宋老师说明了情况。

"啊,没事吧?"奶奶连忙也伸出手在宋老师额头上摸摸,"家里感冒冲剂和消炎药都有,退烧药不到温度不能乱吃的,我先去给你冲感冒冲剂去。"

"好,那我来帮忙烧水,"黄金瓜应了奶奶一句,目光又转向宋老师,"那宋老师您先睡一会儿,药冲好了我给您端过来。"

脑袋还有些昏昏沉沉的宋老师点点头,目送着两人离去的背影,心里泛起暖意。

05. 叛逆少年为学画进城

山村的夜晚格外寂静,雨后的天空星星闪烁,十分透亮,十分惬意,只有在山野才能看到如此美丽而透彻的天空。村民们习惯了早睡,整个山村基本上都已经熄灯了,只有黄金瓜和宋老师的房间里还亮着灯。

毕竟是病后初愈,还有些累,黄金瓜今晚睡得很早,奶奶不放心,来到金瓜房间坐在床边看着已经熟睡的孙子。刚刚睡醒的宋老师也是放心不下黄金瓜,来到了金瓜房间。

宋老师小声说道:"奶奶,我今天白天几乎睡了一整天,现在精神百倍,您先去休息,我来守着金瓜。"

"宋老师,昨天晚上已经给你添了那么大麻烦,你还是先睡吧。金瓜已经退烧了,我在这守一会儿就去睡觉,你就放心吧。你自己也病着呢,都是因为送这孩子去卫生所,我,唉……"

宋老师连忙握住奶奶的手:"这没什么的,您千万别自责,是我缺乏运动、抵抗力有些弱了。现在烧早就退了,您听,我这声音是不是也不怎么哑了?现在还早,我睡了一天了,就让我陪您聊一会儿天吧。"

金瓜奶奶和宋老师一边聊着天,一边陪护着金瓜。奶奶时而摸摸金瓜的额头,时而给金瓜掖被角。

宋老师犹豫了片刻,还是忍不住小心翼翼地试探:"奶奶,我来这么久了,怎么没看到金瓜的父母呀?"

"哦,金瓜的爸爸在外面忙,不回来也好,一回来他们爷俩就要乒乒乓乓戗起来!金瓜脾气倔的,和他爸一个模子里刻出来的,我在中间也不好劝啊!"奶奶一想起儿子和孙子针锋相对的场面,有些赌气地说,其实她心底也是盼望儿子回来,盼望这爷俩能好好相处的。

"哦,这样……那黄金瓜为什么和他爸爸置气对着干呢?"宋老师终于还是问了这个她真正想问的问题。

奶奶稍稍停顿了一下,叹口气:"唉,这就说来话长了,那还要从三年前的春节说起。"

三年前的大年三十是黄金瓜一家人永远的痛,也是黄金瓜与爸爸关系跌入冰点的原因。那天中午,黄天顺一家人围坐在一起吃着团圆饭。

这一年,黄天顺生意不是太好,没有挣到什么钱,投资一个新项目又失败了,心里极度郁闷。他拿起酒瓶准备倒杯酒解解乏。

黄金瓜奶奶劝慰儿子:"儿呀,你下午还要去送货,不能喝酒。"

黄金瓜妈妈也跟着帮腔:"是呀,天顺,喝酒不开车,开车不喝酒。"

黄天顺叹了一口气:"这段时间天天劳累,就喝一小杯解解乏。"

黄金瓜妈妈恳切地说:"我知道你很疲劳,昨晚还忙了一夜,你真想喝两杯,下午就不要去送货了。"

黄金瓜心疼地说道:"爸爸,你别太辛苦了,在家陪我们开开心心过大年。"

黄天顺瞄了一眼儿子,道:"臭小子,爸爸不挣钱,谁来养活一家子?"

"爸爸,那你要开车就不能喝酒。老师跟我们说开车喝酒很危险,而且是违法的。"说着,黄金瓜走到爸爸跟前,一把将酒瓶和酒杯夺下,藏到自己身后。

黄天顺去抢酒瓶,黄金瓜不给,空气中一下子弥漫起浓浓的火药味。在父子俩的抢夺中,黄天顺生气地打了黄金瓜一巴掌:"臭小子,才多大,就管起你爸爸了?"这一巴掌打下去,虽然不是很重,但是让人极为心寒。黄金瓜感觉非常委屈,平时爸爸忙生意就很少管他,趁着春节一家人好不容易聚在一起,正是享受天伦之乐之时,也正是感受父亲疼爱之时,本来自己是关心爸爸,却迎来了一巴掌。黄金瓜难过地哭着扑到奶奶怀里,妈妈心疼儿子,也气得把筷子一丢。

"我看你是昏了头,孩子不让你喝酒不也是关心你吗?咋的,你还长本事打孩子了?"奶奶说完又安慰黄金瓜,"好了,好了。我娃不哭了,你爸平时工作很辛苦,最近估计压力太大了又没休息好,才发这么大的脾气。"

黄天顺心里有些后悔,又和刚刚的郁闷交织在一起,什么话也说不出来,干脆夹了两口菜,吃完就起身。

正准备开车外出办事的黄天顺被妻子拦下:"金瓜他爸,我看你状态非常不好,连续这么多天都没休息,白天送货,晚上送货,今天你就别去了。"

黄天顺有些无奈:"别人都在家休息,我要趁着别人休息娱乐的时间多挣点钱,这样才能让我们一家过上富足的生活。"

"那这样,我陪你一起去。"说完她就跟着黄天顺一起出发了。

也许是太疲劳的缘故,黄天顺的眼皮在不停地打架,再加上刚刚吃完饭,更是困意满满。尽管困得有些睁不开眼,但黄天顺凭着自己多年的开车经验和对道路的熟悉,还是将车子开得飞快。车子刚开到村口,拐弯处正好迎面来了一辆三轮车,在没有任何防备的紧急情况之下,为了避让三轮车,他猛打方向避开了对面的车。但是因为猛打方向,车子一时失控,顺着河堤翻了好几个滚猛撞到树上。黄天顺幸运地死里逃生,只是昏迷在货车边,但黄金瓜的妈妈却被死死地卡在车里,当场失去了生命。

消息传到家中,黄金瓜慌忙跑到事发现场,只看到碎裂的车窗和血迹。他扑到副驾座位旁,透过破碎的前车窗握住妈妈的手,绝望地喊着"妈妈",然而无论他握得多么紧,喊得多么声嘶力竭,他的妈妈却再也不会回应他了,哪怕是一声。

当救护车赶来,急救医生遗憾地告诉大家,人已经救不回来的时候,黄金瓜跪在沾了血迹的土地上哭喊得绝望,绝望到没有一个人忍心接近这个孩子。刚刚醒来的黄天顺看着儿子,悔恨的泪水盈满眼眶,只是刚一把手放在儿子颤抖的肩膀上,就被黄金瓜甩开了。

"我妈是你害死的,我这辈子都不会原谅你的!"

黄天顺永远无法忘记儿子和他说的这句话,更无法忘记黄金瓜说这句话时的眼神,这些在他心底烙下一块永远褪不去的疤。

奶奶说到这儿,有些难过地抹抹眼角快要流出的眼泪。宋老师连忙握住奶奶的手。

奶奶紧握着宋老师的手,深深地叹了一口气:"唉!天顺也非常后悔,不该疲劳驾驶。可金瓜眼睁睁看着妈妈就这样离开,也实在难以释怀,从此,娃就很少跟他爸爸说话了。"

宋老师眼神里充满了淡淡的伤感及怜惜:"奶奶,都过去了,一切都会好的。"

"这些年，天顺在城里省吃俭用，拼命打拼，就是想多挣点钱，把孩子接到城里去上学，以此来弥补娃这些年所受的委屈。可娃太倔，就是……唉！"

"不着急，慢慢来。其实金瓜很懂事，只是还没完全走出阴影。"

两人安安静静地守着金瓜，一时相对无言。

这一片山坡绿草如茵，一眼望去遍是翠色，各色野花竞相在微风中摇曳，为草坪增添了几分姿色。一条小狗懒散地趴在草地上晒着太阳，边上的小溪流里几条巴掌大的小鱼自由地穿梭。宋老师一边画画一边跟黄金瓜聊天。黄金瓜专注地看着宋老师画画，美丽的画面随着细致的笔触一点点呈现，黄金瓜不由得崇拜地赞叹道："真漂亮！"

得到黄金瓜的赞美，宋老师心里也美滋滋的。黄金瓜表面上开朗，实际上能感觉到他在自己的内心深处设置了一道心门，而她非常清楚如何打开黄金瓜那扇封闭的心门："喜欢吗？"

黄金瓜看了宋老师一眼："喜欢。"那眼神中充满着喜爱。

宋老师停下画笔，转头微笑地看着黄金瓜："等我画好就送给你。"

黄金瓜惊喜地问道："真的吗？"

宋老师肯定地说："真的，骗你是小狗。"

黄金瓜脑袋里重现狂风暴雨中，宋老师背着他深一脚浅一脚艰难前行的画面，眼前的这位老师是美丽、善良的，在这段时间的相处中也逐渐赢得了他的信任。他从口袋里掏出一直珍藏的鹅卵石，递给宋老师："那我也送你一个礼物。"

"好漂亮的鹅卵石呀。谢谢你!"宋老师把鹅卵石紧紧地攥在手里。这是她与金瓜建立互相信任的基础,这是一个开启他俩友谊的信物,她会好好珍惜的。

"金瓜,这么漂亮的鹅卵石是从哪里来的?"

"是我在河滩上捡的,我觉得它的形状像颗爱心,就捡回家洗干净收藏了。"

"哦,看来金瓜还是很喜欢我的,因为大家都只把爱心送给喜欢的人。"

金瓜笑笑,眼神中充满着肯定。

宋老师微笑着说:"金瓜,你送我礼物,是不是有事求我呀?说吧!"

黄金瓜笑笑,从贴身口袋里掏出一张泛黄、发皱的照片,这是唯一一张妈妈搂着他的照片,也是唯一一张他与妈妈的合影,更是他对妈妈唯一的思念的寄托。

黄金瓜拿着照片端详了片刻,然后小心翼翼递给宋老师:"宋老师,这张照片实在太旧了,你能帮我画下来吗?"

宋老师接过照片,望着这张泛黄、揉皱的,还带有温度的照片,心里一阵酸楚,她尽力掩饰着内心的伤感,转身对金瓜微笑地说:"这还不简单。"

宋老师拿出手机把这张照片拍了下来:"我先把这张照片拍下来,再做成电子照片储存起来,就不用担心照片会变黄、丢失了。"

黄金瓜开心地夸赞道:"宋老师,你真聪明!"

宋老师笑笑,把照片还给金瓜:"金瓜,听奶奶说你非常喜欢画画?"

黄金瓜点点头:"嗯。"

宋老师试探地说:"你可以自己把它画出来呀。"

黄金瓜有点不自信地说:"可我不会画画。"

宋老师说道:"这还不简单,我可以教你呀。"

黄金瓜很疑惑:"真的?我也能像你画得这样漂亮吗?"

"当然能,只要你天天跟我学画画,有一天你一定会画得比我好。"

黄金瓜坐在草坪上双手托腮,遐想起来。宋老师看着陷入沉思的金瓜,也保持着沉默,她给孩子自己思考的时间。

过了好一会儿,宋老师用商量的口吻问道:"怎么样,小朋友,想好了没?好多学生想跟我学画画,我都不愿意收呢,我就看上你了。这段时间你的聪敏我可是看在眼里的,相信画画这件事情只要你愿意用心学,肯定手到擒来。"

"可是……"

"怎么了?金瓜同学还有什么疑虑吗?"

黄金瓜迟疑了一下,说:"马上就要开学了,到时候你一定会回城上班的,怎么教我呀?我可不想三天打鱼两天晒网,敷衍地学两节课就没有后续了,既然决定要学,那就要坚持下去。"

宋老师看出了黄金瓜内心学画画的渴望:"那还不简单,要不要考虑和我一起去城里上学?如果来我工作的学校上学,你就可以天天跟我学画画了。"

黄金瓜没有吱声。宋老师赶紧抓住时机追问:"你可想好了?过了这个村就没这个店了。"

黄金瓜看看手中的照片,低头想了想,再抬头看着宋老师:"嗯,那你说话算话吗?"

宋老师微笑着说:"拉钩。"

宋老师伸出小指头和金瓜拉钩钩："拉钩上吊,一百年不许变。"

此时此刻,黄金瓜的脸上堆满了笑容,心中充满了对未来的憧憬。宋老师心中也泛起了波澜,她很开心:这个有些忧郁气质且把自己的内心保护得很好的小男孩正在逐渐向她打开心门。

村里人有一个多月没看到二愣了。原来宋老师进村受到二愣的惊吓,又了解到二愣发病的原因后,她就联系了城里的一家医院,找了一个优秀的医生。而现在,村里已经把二愣送到城里治病了。

就在今天下午,全村人放爆竹迎接二愣回家。经过一个多月的精心治疗,二愣已经基本康复,后期只要坚持吃药,定时去医院复查就会完全康复。二愣叔能够康复,最高兴、最激动的莫过于黄金瓜。黄金瓜第一个跑到二愣叔的家,围着二愣叔转了好几圈,上下打量着二愣叔,甚至有些不敢相信站在他面前的二愣叔已经不再疯疯癫癫了。

二愣叔拍了一下黄金瓜的小脑袋:"看什么呢?"

黄金瓜不相信地问:"二愣叔,你真的康复了? 不会再抱着人傻乎乎地认媳妇了?"

二愣叔笑着说:"真的,这次真的要感谢宋老师,是她帮我联系城里的医院,找最好的专家。"

二愣叔望了望黄金瓜,迟疑了一下,拉着黄金瓜坐下来,用深邃的眼神死死地盯着黄金瓜:"金瓜,听我说,宋老师绝对是个好人,我希望你珍惜机会跟她一起去城里上学,她肯定能在学习上和画画上给你帮助,你可不能犯傻。"

黄金瓜咬了咬嘴唇，心动了："二愣叔，我觉得你说的有道理，可我到城里上学了，谁来陪你玩呢？"

"傻孩子，我现在已经康复了，等过一段时间，我也要去城里打工，到时我们在城里相聚。"

"好呀，好呀！我们可以在城里相聚。"黄金瓜想象着未来，既可以和宋老师学习画画，又可以和二愣叔城里相会，有些雀跃。

夕阳西下，红霞染红了天边，山村一片寂静，一阵阵爽朗的笑声从院子里传出来。这是黄天顺自然流露的爽朗的笑声。黄天顺一家围坐在一起吃晚饭，黄天顺不停地给母亲、儿子夹菜。

黄天顺又夹了一块排骨递到黄金瓜碗里："金瓜，你能答应跟爸爸去城里上学，爸爸真的太开心了！"

黄金瓜虽然愿意到城里上学，但内心对爸爸还是抵触的，一方面是因为在车祸中失去了妈妈，另一方面是因为爸爸在城里新娶的那个后妈。黄金瓜一想到要和后妈见面就有些莫名的失落，他永远也不想与她见面。

黄金瓜有些不悦地把爸爸夹给他的排骨夹给奶奶："我是为了学画画才答应去城里上学的，但前提是别让我看到那个女人。"

"什么那个女人？"黄天顺看到儿子如此不尊重现在的爱人，很想发火，但是儿子好不容易答应进城，不能激怒孩子，于是他压住了火气，"金瓜，她是你妈妈，而且她是一个很好的人，她也会像我一样爱你的。"

黄金瓜听了这话，一直隐忍着的情绪再也憋不住了，鼻子酸酸的，把碗筷一扔："不，我只有一个妈妈，永远只有一个妈妈。"

黄天顺看着跑回房间把房门关紧的儿子，难过地走到饭桌边的柜子上拿了一瓶酒、一个酒杯,斟上满满一杯酒,想借酒消愁。

奶奶劝说道:"儿呀,金瓜不是已经答应跟你进城读书了吗,有些事要慢慢来,不能着急。"

"唉!这孩子太不懂事了。我担心他进城以后和您儿媳……"黄天顺端起一杯酒一饮而尽。

"儿呀,别喝了,这酒害得你还不够惨吗?"

黄天顺紧紧握住酒杯,手微微颤抖,还是放下了。

黄天顺沉默了好一会儿,起身把酒瓶和酒杯拿到一边:"妈,你说得对。不喝了,不喝了,从此再也不喝了。"

黄天顺此时的心情特别复杂,儿子好不容易答应跟他去城里上学的喜悦,此时此刻却蒙上了一层不知道如何处理现任妻子与儿子关系的担忧。

跑回房间的黄金瓜,流下了隐忍已久的眼泪。在他心里,他只有一个妈妈,就是视他如命的妈妈,就是那个脸上总是挂着微笑,即使犯错也舍不得批评他的妈妈。黄金瓜找出那张珍藏已久的泛黄的合影,摩挲着照片上母亲慈祥的面容,泣不成声。在泪眼蒙眬中,他又看到了枕边那本爸爸送给他的漫画书。想到刚刚饭桌上爸爸听到自己的话之后失望的神情,此时黄金瓜的心里像打翻了调味瓶似的,非常复杂,难以言说。

黄天顺不知如何向爱人交代,如何向爱人开口说儿子不愿跟她住在一起这件事。电话拨通后他却没说话。

另一边明显感觉到了黄天顺的窘迫,她亲切地问道:"喂——怎么不说话?是不是遇到麻烦了?"

黄天顺缓了半天的情绪:"我……"

"如果我没猜错的话,一定是儿子不愿接受我,对吧?他对我很有敌意,对吧?"

黄天顺很不好意思,觉得对不起这个通情达理、善解人意的妻子。他多么希望儿子能愉快地接受这个会将他视如己出的后妈,多么希望一家人在一起其乐融融,但是儿子内心的抵触让黄天顺既为难又无奈:"这可怎么办呢?"

黄天顺爱人安慰道:"这是我预料之中的。我呀,早已经想好了,我先搬出去租房住,你跟儿子在家住。等儿子愿意接受我的时候,我再搬回来,你看如何?"

"这怎么合适呢?我宁愿自己受苦,也不愿你受委屈。给我一点时间,我会让儿子接受你的。"

"天顺,孩子他现在还没有从心里接受我,说明他还没有做好接受新家庭的准备。儿子虽然善良、懂事,但也正处在叛逆的时期,我们不能逼他,逼急了会适得其反的。我们要给他时间,尊重他的选择,尊重他内心真实的声音。我相信终有一天,他会接受我,接受这个家的。"

黄天顺愣了片刻,声音也有些哽咽,为自己妻子的大度和包容而感动:"老婆,对不起,让你受委屈了。"

"我没关系,只是不想让孩子受委屈。我们要给孩子时间,要给他成长的时间。"

"谢谢!我相信他一定会认可你这位妈妈的。"

"嗯,我对孩子、对你都充满信心。对于一个重组家庭的孩子,我们更要付出真心,付出耐心,我相信终会有一家人团圆的那一天的。"

黄天顺挂掉电话,眼里有些湿润,爱人的善解人意让他充满感激。此时的他心情稍微缓和了一点,他既欣慰,又有些许心疼。为了不辜负爱人的一片真心,也为了儿子能够健康、快乐、自由地成长,作为丈夫,作为父亲,无论如何都要做好表率,耐心等待儿子接受这个新家的那一天。

黄天顺走到儿子的房间前,敲了敲门:"金瓜,爸爸答应你,到城里之后,爸爸只跟你生活在一起,明天我们就回城里。"

躺在床上的黄金瓜没有吱声,虽然他对爸爸的这个决定有些意外,但同时也松了一口气。他为了学画画愿意进城,可又实在不愿意与后妈一起生活,现在爸爸答应他只跟他在一起生活,这无疑是给黄金瓜吃了一颗定心丸,他可以安心地跟着爸爸进城,能够让自己在一个轻松、不压抑的环境中生活、学习。这让他对未来进城后的新生活有了一丝丝的期待。

黄金瓜收拾了几件衣服放在塑料袋里,又在一个破纸盒里收拾了几张泛黄的照片,这些都是他妈妈的照片。他拿出照片看看,又把它们放回去,并把纸盒装在妈妈送给他的书包里。

这是黄金瓜上幼儿园时妈妈亲手缝的书包,妈妈还在书包上绣了他的名字。虽然这个书包洗得已经有些褪色了,却是妈妈深夜挑灯一针针亲手缝制出来的,它饱含着母亲对儿子浓浓的情、深深的爱。黄金瓜十分珍惜这份沉甸甸的爱,所以一直都背着它,尽管旧得不能再旧。这个书包和这些照片寄托着黄金瓜对妈妈的思念,也是他最大的心理安慰,背着书包,仿佛还能感觉到妈妈并没有离自己很远,仿佛还一直在他身边拥抱着他。

黄天顺拎起黄金瓜收拾好的行李,黄金瓜背上妈妈给他缝制的书包,父子俩站在一起,显得很和谐。这是黄金瓜妈妈去世之后,父子俩难得的和谐场面。

临行前,黄金瓜刚刚推开门,却又退回来,拉住奶奶的手,握得紧紧的，舍不得松开。

黄天顺看着儿子还背着那个破旧的书包，他内心知道这是儿子对妈妈感情的寄托，但是毕竟要到城里上学了，再背这样一个破旧的书包，与城市大环境有些格格不入。黄天顺希望儿子能够从此放下乡野特质，尽快融入大城市的生活，他担心这样独特的儿子不能被城里的孩子理解，从而被嘲笑、欺负。

黄天顺走近儿子，声音难得的温柔："金瓜，你的旧书包就别带了，爸爸不是给你买新的了吗？"

黄金瓜倔强地抱住书包："我就喜欢这个。"

黄金瓜奶奶连忙解围："儿呀，孩子喜欢你就依着他吧。"

黄金瓜站在奶奶面前紧攥着奶奶的手有好多话想说，但是说不出来。黄金瓜虽然已经答应进城，但心里还是有万般的不舍，最不舍的就是一直照顾自己的奶奶了。

奶奶看出孙子的情绪，其实她的心里又何尝不是万般的不舍呢？但是为了孙子，为了儿子，为了这个家能朝着幸福的方向发展以及金瓜能接受良好的教育，纵有万般不舍，也不能让孙子看出来。

奶奶忙开口打消孙子的顾虑："去吧，到城里好好学习，听爸爸的话。奶奶在家有叔叔照顾呢，你不需要担心。"

正在说话的时候，二愣叔、铁蛋、丫丫他们也赶过来为黄金瓜送行。

看到二愣叔和小伙伴们到来，黄金瓜有些惊喜，他放开奶奶的手迎了过去："二愣叔。"

二愣叔给黄金瓜带了一大包自己种的花生，他把花生递给黄天顺，转身走向金瓜，摸了摸金瓜的头，不舍地说："金瓜，到城里之后要跟着宋老师学习真本领,听爸爸的话。"

黄金瓜没说话,微微点点头。在村上,除了奶奶,就是二愣叔跟他最亲,二愣叔的话金瓜还是能听得进去的。

铁蛋把一个手提袋递给黄金瓜:"金瓜,给。"

"这是?"

"你拿出来看看就知道了,是你最喜欢的。"

黄金瓜打开手提袋拿出铁蛋送的礼物。

黄金瓜瞳孔放大,直勾勾地看着铁蛋送给他的礼物,十分惊喜:"弹弓,这可是你的宝贝,你怎么把它送给我了?"

"你不是一直都很喜欢这把弹弓吗?所以就送你了。"

"可是,送我了,你就没有了,我不能夺人所爱。"说着把弹弓还给了铁蛋。

铁蛋把弹弓再次塞给黄金瓜:"谁让咱俩是好朋友,你拿着,赶明儿我再让我爷爷给我做一把。"

"谢谢,谢谢!"黄金瓜一把搂住铁蛋表示感谢。

"金瓜哥哥,进城以后别忘了我。"

"丫丫,不会的,一放假我就回来。"

黄天顺在一旁说道:"好了,感谢大家来为金瓜送行,我们准备出发啦。"

黄金瓜不舍地望着奶奶:"奶奶,那我走了,放假我就回来看你。二愣叔,别忘了我们的约定。"

"好的,等到城里打工,我一定去找你。"

"铁蛋、丫丫,再见!"

"再见!"

这毕竟是奶奶第一次和孙子分开,她颤巍巍地一直走到村头,目送着车子远去,直至消失,还久久不舍得离去。

　　黄金瓜此时此刻也透过车窗,恋恋不舍地望着眼前的一切。这也是他第一次远离家乡,远离奶奶。他看着车窗外飞驰而过的景物,感受到自己之前熟悉的一切景色真真切切在离自己而去。他打开车窗,感受着吹过发梢的风,除了不舍,他的内心又浅浅升起一些期待。城里的生活是什么样的呢?在那里又将发生什么新的故事呢?一切都是未知,而未知总是隐含着不安与期待。

06.第一次进城

经过几个小时的颠簸，他们终于到达了城市。这里高楼林立，街道上车水马龙。此时华灯初上，熙来攘往的人群像潮水，霓虹灯亮得刺眼，灯光也闪烁不停，这一切都让黄金瓜感觉仿佛置身在一个亦幻亦真的梦境里。

车子经过人民广场时有些堵，这给金瓜留足时间看夜幕降临下的城市。此时的人民广场在五颜六色的霓虹灯的映衬下显得更加绚丽多彩，广场中心音乐喷泉的水柱随着音乐节奏的强弱时高时低，跌落在环形的水池里。几个广场舞团队同时跳着不同的舞蹈，音乐声夹杂着欢声笑语，显得格外热闹。

黄金瓜被这高楼林立的城市深深吸引，他好奇地打量着这座城市，这个繁华的陌生的城市让他有了几分的喜爱，同时他的心里也有着淡淡的恐惧，他能融入这繁华的城市吗？

"儿子，在想什么呢？"在红灯前，停下车的黄天顺余光透过后视镜，看着望着窗外出神的黄金瓜问道。

"没什么。"金瓜不愿意承认自己的不安，不愿在爸爸面前暴露自己的脆弱，于是撇撇嘴装作毫不在意的样子，"大城市可真堵啊！这会儿堵得水泄不通的，时走时停晃得我头晕。我要是现在下车，两条腿走得都比这些小汽车快。"

"哈哈哈，"黄天顺笑笑，"儿子，早晚高峰就是这样的，你以后习惯了就好啦。这也说明了这里的繁华呀，有许许多多的人都在这里打拼、追梦。"

黄金瓜听了爸爸的话，不说话了，这可能也是这座城市吸引爸爸的原因吧。繁华的城市将自己的爸爸、铁蛋和丫丫的父母都吸引进来，只剩下他们这些小孩子和老人家，在乡村里苦苦等待着、守护着。想到这里，黄金瓜看着车窗外川流不息的人群和远方的霓虹灯火，心里又泛起淡淡的疏离和抵触。

黄天顺听到车后座安静下来，还以为是黄金瓜头晕想要休息，他也不说话了，只是默默地放慢车速，稳稳当当地开着车，带着黄金瓜来到一家西餐厅。

这还是黄金瓜第一次吃西餐，他翻动着 iPad 上的菜单，有些莫名的烦躁。然而他又不想去问爸爸，心底倔强地蹿起小火苗，非要用自己的力量征服城市里的一切。而征服城市的第一步，就是搞定这顿西餐。

黄金瓜看着菜名，红酒焗蜗牛、鱼子酱、香煎鹅肝……嘴角有些抽搐。此时此刻，他的脑海里回想起乡下雨后墙上拱来拱去留下一行行黏糊糊痕迹的蜗牛，胳膊上泛起些鸡皮疙瘩，又想起村头那只雄壮的见人就啄的大白鹅，想起自己小时候被追着啄屁股的经历，又打了个寒战。至于什么西班牙塔可、凯瑟沙拉，他更是第一次听说，更不知道是什么奇怪的菜了。黄金瓜不由得在心底感慨，城里人吃得真奇怪。服务员站在身边等他半天了，金瓜也不好意思这样一直拖着，干脆翻到第一页招牌推荐，点了牛排。

"好的，那请问您的牛排需要五分熟还是七分熟呢？酱汁要蘑菇汁还是黑胡椒汁？"边上的服务生礼貌地询问道。

"还有半熟的？那能吃吗？我奶奶说了，不熟的东西吃了要拉肚子的。"金瓜皱着眉有些不解。

　　服务生也是很少遇到这样的顾客,不免有些忍俊不禁。然而这笑容却让黄金瓜有些不舒服,感觉自己被嘲笑了似的心里堵得慌:"就按你说的,那个七分熟吧。然后酱汁,两种我都要,尝尝哪个好吃!"

　　黄天顺看着儿子,也有些窘迫,对儿子能不能很好地融入城市生活又多了几分担心。

　　没过多久,牛排上来了,黄天顺看着局促地盯着牛排的儿子,赶忙拿起桌子上的刀叉,一边做着示范,一边教学:"儿子,吃西餐一般要用刀叉的。左手拿叉,右手拿刀,这样比较好使力气。用刀切下一片牛肉,用叉子叉起吃,像我这样。"

　　黄金瓜学着爸爸的样子切了几次,只是他心里有股小火苗,手上的动作也毛毛躁躁有些敷衍,因此切的几次都不太成功,干脆把刀叉撇了,不悦地说道:"咋这么麻烦? 在城里吃饭也太费劲了。"

　　这是黄金瓜进城的第一顿晚餐,却遇到了让自己尴尬的事。

　　他想起自己征服城市的志气,又鼓起勇气,挥挥手叫来服务生:"您好,可以给我拿一双筷子来吗?"

　　黄天顺看着服务生有些诧异的眼神,为了不让儿子第一次来城里就被"束缚",给儿子帮腔道:"不好意思,他还是习惯用筷子。"

　　过了一会儿,筷子来了,黄金瓜用一双筷子完美地"拿捏"了牛排,吃起来甚至比用刀叉的父亲还要方便、灵巧许多。一入口,黄金瓜惊喜地发现这牛排风味确实独特,和之前吃过的炖煮牛肉味道不太一样。这大概就是来西餐店的路上,父亲在车上说的"去见证世界的不同可能性"吧。想到这里,金瓜对这个陌生的城市和那些已经见证过的、还没见证的,都多了一份包容心,虽然他的内心还多多少少有些怀念奶奶做的红烧牛肉。但此时此刻,他的心中一边盛着对过去乡野生活中所有美好回忆的怀念,一边对那些未知的未来也打开了一扇向往之窗。

黄天顺起身上卫生间,给妻子打电话:"我们已经到达城里。不好意思,为了儿子只能让你先搬出去住,让你受委屈了。"

黄天顺爱人说道:"不是说好了吗? 一切为了孩子,等孩子能够接受你,接受我,接受这个家,我不就搬回去了吗?"

黄天顺非常感激:"老婆,谢谢你的理解和支持。"

"瞧你说的,我们都是一家人还跟我客气。你们吃过了没?"

"吃过了,刚带儿子吃的牛排。"

"嗯,孩子们都爱吃牛排。吃完饭,早点回去休息。"

"好,你也早点休息,晚安!"

"晚安!"

夜深了,黄金瓜第一次睡在父亲为他准备的豪华卧室,他躺在床上,翻来覆去睡不着。这里的夜晚多了一份繁华,少了一份宁静。黄金瓜爬起来,趴在窗户上透过玻璃望着城市的夜景,看着这座城市仿佛拒人于千里之外的霓虹与繁华,眼神逐渐有些迷茫,后知后觉地泛起一种缺乏归属感的不安。

"我真的属于这座城市吗? 我们真的属于这座城市吗?"黄金瓜这样问自己,却没有任何答案。

而后他又起身走到阳台上,俯视城市一角,高大的建筑在夜色中显得特别安静,不远处的桥上有车掠过留下的愀然空灵的余音。十字路口,红绿灯永不熄灭地交替闪现,仿佛为这城市的夜晚奏着乐歌。比起这绚丽华贵的天幕,黄金瓜还是留恋乡下那个帆布一般质朴的天空,那个富含负氧离子的乡村——没有华贵的颜色,却有最可爱的星星、最纯净的明月,还有那个在夜晚陪他看星星的奶奶。

睡在隔壁的黄天顺也翻来覆去难以入眠,他好像听到隔壁的儿子有动静,便起床悄悄走到儿子房间:"儿子,怎么还不睡? 把窗户关上,别受凉。"

"马上就睡了。"

黄天顺走过去关上窗户,拉上窗帘,又关心地说:"儿子,明天我要先带你去学校报到,熟悉熟悉环境,早点睡吧。"

黄金瓜小声应答:"嗯。"

等到黄天顺离开房间,黄金瓜又悄悄爬起来,从床底下拿出从老家带回来的纸盒,从纸盒里拿出妈妈的照片看了看,然后把照片放进书包,之后,他才带着莫名的愁绪渐渐入眠。

07. 新学期、新校园、新同学

　　黄天顺带着黄金瓜来到他即将入学的新校。学校大门口一块书写着苔花小学的高大华丽的校牌展现在黄金瓜的眼前,只见两根银白色的大理石柱一高一低地立于门口两侧,像两个威风凛凛的哨兵。这座高大的门头一下子就把黄金瓜给震撼了,他在乡下的那所小学校门口只在一块木板上写着学校的名字。相比之下,这里就是一座"宫殿"。学校大门的墙柱上还赫然挂着一个牌子:国家级书法示范学校。这是一所书法特色学校,非常漂亮。

　　一进大门就是一条宽敞的柏油马路,两边分布着教学楼、科技楼、艺体楼,还有不远处那栋带有报告厅和食堂的综合楼。校园里树木成荫,操场边设有许多花坛,花坛里的花五颜六色,一阵微风吹来,香气扑鼻,让人仿佛走进了一个大花园。黄金瓜眼神里充满着惊讶和欢喜,看什么都有些新奇,他被眼前这优雅、美丽、大气的校园深深吸引了。

　　"儿子,怎么样?喜欢吗?"

　　"嗯。"黄金瓜点点头。

　　"走,爸爸先带你去报到,然后再让宋老师带你去校园好好转转。"

　　办好入学手续后,黄天顺把黄金瓜带到宋老师办公室。

　　正在办公室备课的宋老师连忙微笑迎接:"黄金瓜同学,欢迎欢迎!"

黄金瓜一见到宋老师便激动地跑过去打招呼，这是目前他在这所校园里唯一的"老熟人"，也让他心底泛起浅浅的安全感和兴奋："宋老师！"

黄天顺看看儿子又看看宋老师："宋老师，给你添麻烦了，谢谢！"

"金瓜爸爸，黄金瓜同学这么信任我，愿意跟随我来城里读书，我应该感谢他对我的信任才对。"宋老师俏皮地对黄天顺眨眨眼睛，大方的笑容让人如沐春风。

黄金瓜听了这话也笑了，宋老师和他在乡下的那些丰富的假期经历仿佛还历历在目。

"金瓜爸爸，你在我办公室等一会儿，我带着金瓜同学先去熟悉熟悉校园环境。"

"好，好，谢谢宋老师。"

宋老师领着黄金瓜在校园里参观，从教学楼到综合楼、艺体楼，从操场到报告厅，宋老师要让黄金瓜提前熟悉校园每一景、每一幢楼，让这个内心充满惆怅和愁绪的单亲孩子能够从心理上先接受这里的环境，喜欢上校园，以便今后更好地生活和学习。

此刻，黄金瓜的身边只有宋老师，他又感受到了在乡野时的自在、轻松，整个人也放松下来。宋老师也因为金瓜的信任和依赖而感到由衷地开心。在参观操场的时候，黄金瓜看着各种崭新的锻炼器材眼睛一亮："宋老师，我能去那里玩吗？"

"当然可以啦，"宋老师点点头，"不过要注意安全哟，我陪你一起。"

"好耶！"

黄金瓜话音刚落，就冲到健身器材前。爬杆对他而言简直是小菜一碟，唰唰几下就爬到了顶端，还嫌太矮了有些不过瘾。

"金瓜，下来的时候慢点！"

宋老师起初对黄金瓜还有些担心，在看到他手脚并用，又灵巧轻松地从上面下来，不由得赞叹金瓜的身体素质真是出众。

一眨眼的工夫，黄金瓜又跑到一个拉伸背部的器材前："宋老师，看我给你表演一个倒挂金钩。"黄金瓜双手撑住把手把自己撑起来，然后攀上器材，用脚钩住杆子，接着整个身体慢慢地向后伸展，倒着躺下来，半个身体悬空垂下来。

这动作看得宋老师心脏怦怦直跳，但是她又怕大声阻止反而惊到了已经开始半吊着的金瓜，以至于在这一瞬间竟然没发出一点声音。而当她快步走到金瓜身边想保护他的时候，这孩子已经从器材上完好地下来了，还在朝她笑呢。

宋老师还是有些后怕，摆出严肃的表情说："黄金瓜同学，下次这种危险的动作可不能再做了，我是你的老师，要对你的安全负责。"

黄金瓜看到宋老师的表情，立刻点点头："好的，我听宋老师的，下次不这么玩了。"

黄金瓜机灵，似乎也看出老师不是真的在生他的气，于是跟在宋老师身后又忍不住补充道："老师其实不用担心的，之前我在乡下，各种高难度动作都玩过呢，这对我而言很简单的。"

"那也不行！"宋老师在金瓜的小脑袋瓜上敲了一下，"金瓜同学，你既然来到我的班上，就要听老师的话，玩什么都要安全第一，知道吗？"

"好。"黄金瓜乖巧地答应着。他有些不以为然，毕竟他对自己的技术绝对自信，但对身边这个愿意教自己画画并关心自己的老师,在乡间一起"偷鸡蛋"、有着"革命"情谊的忘年伙伴,他还是愿意听她的话的。之前他生病时,宋老师连夜背他去卫生所的场景还历历在目呢,无论如何他也不想再给宋老师添麻烦了。

宋老师看着身边这个孩子,也知道他虽然口头上答应了,但心里还是不太在意的。从小在乡下长大的金瓜身上还保持着一种野性和率真,这一点让她既欣赏又担心,不知道之后的日子,金瓜这些个性会不会惹出什么麻烦来。

今天是开学的第一天,黄天顺起得特别早,黄金瓜也是一夜没睡好,因为从今天开始,他就正式开启城市生活模式,和城里的孩子一起生活、学习,他不仅要面对和适应新的环境,还要认识许多新同学。在这个新环境中,他不再是"孩子王",不再是"领头羊",不能再肆无忌惮地在乡野里撒欢、"撒野",城市这个新环境对他来说是一次新的挑战。坐在车子里,黄金瓜呆呆地望着窗外闪过去的高楼大厦,心里有一丝丝对未来的憧憬和莫名的紧张。

黄天顺从后视镜里看到了儿子的表情,忙关心地问道:"儿子,想什么呢?"

"没想什么。"

"马上就要进入新的学习环境,你要谦虚谨慎,多和同学交朋友,团结友爱不能打架,这可不像乡下。"

"知道了。"黄金瓜无奈地叹了一口气。

黄天顺把黄金瓜送到学校门口:"儿子,上学时间家长不给无故进校园,你就自己进去吧。"

"嗯。"

"校园很大,你知道自己的班级在哪吗?"

"知道,昨天宋老师带我去认了自己的班级,就在三楼。"

"那好。"

学校门口有值日老师和值日学生。值日老师面带笑容,向每个走进校园的孩子打招呼。值日学生佩戴绶带,记录每个进入校园的同学是否佩戴红领巾、路队是否规范。苔花小学的学生在这样的氛围熏陶下,基本上都能遵守校规,大多既礼貌规矩,又充满活力、活泼可爱、积极向上。

黄金瓜今天穿着一套崭新的校服,鲜艳的红领巾在他胸前飘扬,看上去十分精神,但是搭配着的旧书包却显得特别别扭,甚至还透着几分土气。不过没办法,这是妈妈亲手给他缝制的,他一定要背着。早上从家出发时,爸爸还为这个旧书包跟黄金瓜"纠缠"了好长一段时间,最终还是拗不过儿子,黄金瓜坚持背着妈妈缝制的书包来上学了。实际上,黄金瓜身上这身校服衬衫已经让他觉得有些不自在了,衬衫束缚在身上,完全没有 T 恤自在,可是没办法,这是昨天宋老师告诉他要穿的。此时此刻,扣得紧紧的衬衫纽扣和并不宽松的校服裤子让黄金瓜有些莫名烦躁,只有背上的书包能给他一点熟悉、自在的感觉。

黄金瓜站在学校门口深深地呼了一口气,尽管前些天已经到学校报过到,也熟悉了学校环境,但是报到当天只见了校长和宋老师,今天他要面对一个班级的新同学,一切对他来说还是未知数,这不免让金瓜感觉心里有些打鼓,缺少了安全感。不过对于新的学习环境,他还是充满期待的。

黄金瓜回头看了看爸爸,黄天顺看出了儿子的担心,鼓励道:"金瓜,别怕,一到学校就去找宋老师,中午一放学我就来接你。"

黄金瓜鼓起勇气,走进校园。黄天顺远远地目送着儿子,一直等到看不到儿子背影了，他才离开。

黄金瓜背着与都市气息格格不入的旧书包，引起了很多同学的注意，大家都用好奇的目光打量着黄金瓜，还有几个同学小声议论着。黄金瓜瞥了一眼那些注视他的同学，他感受到了空气中充满了别样的、让人呼吸不畅的"味道"。他明白，从此时此刻开始，那些在乡下时随心所欲、自由自在的生活正在逐渐离他远去。

不断有家长送孩子到学校门口，同学们陆续走进校园。一辆轿车在校门口停下，从驾驶室里走出一个穿着一套高级定制西装、戴着墨镜的司机，学校周围的空气都凝固了，那气场太强大了。

司机显然是经过良好的培训的，优雅地打开车门，细心地扶着一个身穿粉色裙子、头戴发箍、脚蹬一双白色皮鞋的小女孩走下车。小女孩的裙子布料轻柔丝滑，花纹繁复而不失高级，看起来就价值不菲。

司机小心伺候着："小公主，慢着点，书包我给你拿着。"

闫小格眼睛里除了有一般孩子的灵动，还闪烁着高傲和拒人于千里之外的疏离，她表情冷峻，微微抬起下巴："不用了，我自己能拿。"

闫小格刚说完，就从司机的手里接过书包。这是一个带拉杆的书包，仅这个书包就能提升闫小格那种霸主气势。她拉着书包昂首阔步，骄傲地向学校门口走去，这派头不知道的人还以为这个小姑娘要登机远行，怎么看也不像是去上学。这时，好几个同学拥过来，赶上闫小格，簇拥着她。

一个女生羡慕地打量了一下闫小格全身的着装，问道："格格，今天穿的又是什么牌子的衣服呀？好漂亮！"

闫小格摆出一副毫不在乎的姿态："我不记得什么牌子了，怎么样？好看吗？"

那个女生眼睛睁得老大："好看，好看，像个小仙女。"

边上一个男孩子说："知道的清楚你是来上学的，不知道的还以为走秀呢。作为小学生，穿着要朴实。"

闫小格不屑地说："嗨，你懂什么，我爸爸说了，女孩子就是要富养。"

那男生一听，不服气地说道："女孩要富养是这个意思吗？它的意思是体现在精神上，要气质高贵，独立自主，见多识广……你那不是富养，是摆阔。"

女生却忙着帮着格格解围，打断了男同学的话："得得得，打住，你懂女孩吗？你没有经历过就没有发言权。格格，咱们走，别与这帮没见过世面的小男人斤斤计较。"

"你说谁小男人？"男生气得直翻白眼，无奈地摇摇头，"还有，今天是开学第一天，要举行开学典礼。开学典礼是要穿校服的，你怎么不穿校服？"

闫小格停下脚步，用眼神瞄了一下书包："看到没？校服装在书包里了，等会儿进班后我就去换，放学后我再把我粉色的公主裙给换上。"

女生竖起大拇指："绝。"

男生此时此刻不知说什么好，干脆直接离开，免得给自己找难堪，找气受。

边上另一个女同学找准机会，凑到闫小格身边出言讨好："格格，你这个粉色的发箍好漂亮啊，后天我有个演出，能借我用一下吗？"

闫小格随手摘下发箍，递给那位女同学："小意思，拿去，送你了。"

那女生把粉色发箍捧在手里,开心极了:"哇,格格,我爱死你了,你简直就是我的女神。"

闫小格笑了笑,随着簇拥着自己的几个同学,高傲地朝着教学楼的方向走去。

欧阳帅独自一人走在校园里,他一直都是这样孤傲地独来独往,没有办法,谁让人家是学霸,每次考试都是全科全班第一,在全校也是在前五名之间徘徊,从来没有例外。在整个学校,欧阳帅的名字都是响当当的。有实力就有个性,这是永远不变的主题。

闫小格看到同桌的欧阳帅,一个箭步跨过去:"蟋蟀哥,等等我。"

同学们因欧阳帅名字里带个"帅"字,故尊称他为"蟋蟀哥"。欧阳帅回过头用余光瞥了一眼格格,扶了一下近视眼镜,用他那一直没有改变的文绉绉的语气说道:"是格格啊,特地叫在下所为何事?"

闫小格皱着眉头,她最受不了的就是欧阳帅那种老夫子似的说话语气,让人心塞:"哎——拜托,你能像个正常人一样说话吗?别老是之乎者也的,真受不了!"

欧阳帅回复道:"你不懂,鄙人的心思你永远不懂。在下可一直是个谦谦君子,有素质,有涵养。孔子说过,君子无终食之间违仁,在下也一直克己复礼,从不松懈。你不明白我的追求,我也不和你置气,人不知而不愠,不亦君子乎?"

闫小格摇摇头,一脸的无奈。其他同学倒是已经习惯了欧阳帅特有的说话模式,只有闫小格,因为他们是同桌,每天都要承受欧阳帅文绉绉的声音的洗礼,这让一直在蜜罐里长大的有公主气势的闫小格有些接受不了。要知道,她在家里可是老大,在班里她也是大家都拥护的对象,唯独这个欧阳帅对她完全不感冒,这让闫小格有点没面子。但是欧阳帅每次考试都是全科全班第一,成绩好得令人咋舌,这又让她佩服不已。就这样,佩服的部分大大多于讨厌的部分,自然而然,闫小格一直与欧阳帅相处得不错,就连说他不要太文绉绉都更多只是随口的吐槽罢了。

朱迪是个十足的小胖子,校服是去年定制的,今年穿就得费老大劲才能把扣子扣上,肚皮都快把校服撑开了。朱迪爸爸开着一辆尼桑车送儿子上学,离学校还有很长的一段距离,朱迪就让爸爸把车停下来。

朱迪提醒爸爸:"哎,哎,停车!停车!马上就到学校了。"

朱迪爸爸心疼儿子:"儿子,爸爸再往前开开,你可以少走点路。"

朱迪很不情愿:"别、别……你给我留点面子行不?你就开个破尼桑,让人撞见,我岂不是很没有面子?"

朱迪奶奶忙向儿子下达命令:"快点,叫你停你就停,磨蹭什么?"

奶奶一向是朱迪的"保护神",是朱迪对付一切的撒手锏,从朱迪出生起,奶奶就对这个孙子宝贝得不行,只要是朱迪的所需就是奶奶的所需,只要是朱迪的所要就是奶奶的目标,想尽一切办法也要达成孙子的要求。

母亲大人一声令下,朱迪爸爸无奈地把车靠边停下。

朱迪爸爸明显有些失望,但又有一些不服儿子的话:"你这臭小子,还嫌弃你爸。你爸好歹也算是个大老板,手下有十几号人呢。"

朱迪不屑一顾,轻轻瞟了一眼爸爸:"好了,老爸,就你那十几号人还有什么可提的? 我同学的老爸,那家伙,那档次,管理的公司上上下下好几万人呢,跟他比,你只是大海里的一只小虾米。"说完朝着爸爸竖起小指头还做了一个鬼脸。

朱迪爸爸有些急了:"臭小子,信不信我揍你?"

朱迪爸爸举手做出要打儿子的动作,朱迪忙往奶奶身后躲避:"奶奶,你儿子打人了。"

朱迪奶奶一把护住孙子:"来,你敢动我孙子半个手指头试试。宝贝孙子,走,奶奶送你上学去。"

朱迪爸爸无奈地收回手:"妈,你就惯吧,惯得他现在连你儿子都瞧不上了。"

老太太背起孙子的书包,拉着孙子朝学校走去。路上的人熙熙攘攘,朱迪一边吃力地走着,一边吞着肉包子。奶奶一手拎着书包,一手拿着牛奶跟在孙子后面,那画面活脱脱伺候小皇帝一般。

朱迪奶奶看着宝贝孙子狼吞虎咽的样子,心疼道:"大宝,慢慢吃,别噎着。来,喝点奶。"

朱迪接过牛奶,一口牛奶、一口包子吃得不亦乐乎。到了学校门口还没吃完,他打了个饱嗝。

奶奶心疼道:"宝贝孙子,别着急,吃完包子再进校园。"

朱迪满嘴包子没法说话,他径直走到垃圾桶旁边,准备把剩下的包子扔进垃圾桶。

一向节约的奶奶拦住孙子:"哎,别扔,奶奶吃,奶奶还没吃早饭呢。"

临进校园,奶奶还塞给孙子一块巧克力。朱迪有这样一个疼他、爱他,捧在手里怕摔了、含在嘴里怕化掉的奶奶,到底是他的幸运,还是不幸,这谁也说不准。正如宋老师所说,真正的对孩子的爱本应该是尊重孩子个性,让其自我成长、自我成就,而不是溺爱。只可惜隔代亲,在这个时代又有多少个奶奶能够舍得自己的孙子吃苦,舍得自己的孙子自我发展?

话说回来,这边的朱迪看到奶奶递来的巧克力摆摆手:"奶奶,学校不让带零食。"

奶奶硬是把两块牛奶榛子巧克力塞进朱迪裤子口袋:"学校的规定是死的,人是活的,装口袋里下课时偷偷吃,不能饿着我孙子。"

看来,胖子的确并不全是天生的,也可能是吃出来的。

张婷婷今天扎了个马尾,趾高气扬地独自走在上学的路上,那马尾随着走路的节奏上下甩着,似乎是在配合它的女主人,一定要把她的傲气展现得淋漓尽致。张婷婷也是个喜欢独来独往的人,这点跟欧阳帅很像。但是她独来独往不是因为她孤傲,不是像学霸"蟋蟀哥"一样有"资本",而是因为她内心有着自己的秘密。

朱迪看到张婷婷忙跑过去,从身后拍了一下张婷婷,大叫一声:"张婷婷。"

张婷婷被朱迪突然的一声大叫吓了一跳,瞪了他一眼:"朱迪,干吗呢?吓我一跳。"

朱迪傻笑着:"哦,不好意思。"

张婷婷昂起头,傲气地看着朱迪:"请喊我的英文名 Nancy,N—a—n—c—y,Nancy,OK?"

朱迪做了个手势:"OK,OK,哎,张婷婷。"

张婷婷再次瞥了一眼朱迪,暗示他又喊错名字了。

朱迪马上反应过来:"哦,对对,Nancy。你爸爸不是公司大老板吗？怎么不开车送你，而是让你自己步行？”

张婷婷用手指着学校附近的高档别墅区："看到没？我家就在这里面。这么近的距离，需要开车吗？老师说了，我们要保护环境，多步行少开车，你上课又开小差了吧？"

朱迪顺着张婷婷手指的方向看了一眼，伸出大拇指夸赞道："哦，这么高档豪华的小区呀。牛，实在是牛！还有环保意识，真不错。"

张婷婷吸了吸鼻子，满脸的骄傲中又暗含着一点心虚："那是。"

张婷婷还怕不够显示自己的身份，又补充道："我爸爸本来是要开车送我的，可是他是公司老板，实在是太忙，我心疼他太辛苦，就没让他送我。这下还能少排放点二氧化碳，一举两得。"

朱迪笑着点点头，摸摸自己的肚子："真不错，真是个孝顺的好女儿。要不是我家太远了我走不动，一定要向你学习！哎，什么时候也带我们去你家的大别墅玩玩呗，也好让我们长长见识。"

张婷婷皱皱眉头，脸上的表情一下子凝固了。

朱迪问："怎么啦？你不愿意吗？"

张婷婷缓过神来，笑了笑："哦，那倒不是，只是最近我们家准备重新装修，等装修好了再跟你说，OK？"

"OK！OK！"朱迪听了这话笑得像小弥勒佛，笑呵呵地跟在张婷婷身后走进了校门。

08. 欢迎金瓜

　　预备铃响了。踏着预备铃，宋老师领着黄金瓜走进教室。班里一下子炸开了锅，大家都用异样的眼光看着黄金瓜，小声议论着这个皮肤黝黑、背着旧书包的男孩。黄金瓜背着的旧书包最吸人眼球，是大家聚焦的重点，在他们眼里现在还背着这种手工缝制书包的人，纯属"奇葩"。

　　宋老师迈着轻盈的步伐走向讲台，她总是微笑着，和蔼可亲。班上的孩子们都喜欢这位"孩子王"，这位大家心目中的"年轻妈妈"。宋老师望了望全班同学："同学们，请安静，今天我们班来了一位新同学。下面请他自我介绍一下。"

　　黄金瓜低着头，手心里沁出些薄汗，他很不自在地用大拇指和食指搓着自己的衣角，呈现出想勇敢介绍自己又鼓不起勇气的状态。他虽然和熟悉的小朋友在一起大方、大胆、玩得疯，但是在陌生人面前还是有些内向，尤其是这会儿几十道目光齐刷刷地盯着他，更放大了他内心的不安。

　　宋老师看到了金瓜的不安，鼓励黄金瓜："金瓜，别害怕，自信一点，大胆地介绍自己。"

　　"金瓜……"有的同学捂着嘴笑。"什么？金瓜？"有的同学诧异地望了望金瓜，不知"金瓜"到底是什么"瓜"，也不知"金瓜"的名字到底包含什么样的意义。

　　黄金瓜还是低着头，听到同学们的偷笑声以及并不算友善的

对自己名字的讨论,更是有些不自在地搓着自己的衣角发出"呃——呃——"的声音

实在是控制不住自己内心的"不满",调皮的朱迪先笑起来,扭动着胖乎乎的腰肢手舞足蹈:"什么呃——呃——,应该是鹅、鹅、鹅,曲项向天歌。白毛浮绿水,红掌拨清波。哈哈哈哈。"朱迪的"取笑"引起了全班同学的哄堂大笑。

宋老师微笑的脸变得严肃起来:"朱迪同学,别调皮。"

朱迪调皮地伸了伸舌头,其他同学也立即安静下来。

宋老师走到黄金瓜跟前,轻轻抚摸了一下金瓜:"黄金瓜,别怕,大胆介绍自己,老师相信你。"

"啊?黄金瓜。"同学们都为这个土气的名字又一次大笑起来。

朱迪捂着嘴:"啊哈,金瓜。我只听说过冬瓜、南瓜、西瓜、木瓜,还有大傻瓜,还真的没有听说过金瓜,今天是开了眼啦!"

黄金瓜此时恨不得找个地缝钻进去,心里像打翻了作料瓶一样五味杂陈。他攥紧拳头,恨不得狠狠地给朱迪一拳。如果这是在乡下,他早就上前与之"战斗"起来——直接把对方给摔倒在地。可是这是在城里,不是他的天下,尽管黄金瓜很想揍朱迪,但是理智战胜了冲动,还是忍一步海阔天空。

宋老师再次用极其温柔的声音批评朱迪道:"朱迪同学,不可以对新同学这么不友善,再这样没礼貌就罚你去跑步喽。"

尽管宋老师的声音极其温柔,没有什么杀伤力,但跑步对朱迪来说可是个体力活,也是他的软肋。宋老师很了解他,也很了解班上每个孩子的优点和臭毛病。于是朱迪只有乖乖地低下头不再说话,像是被如来佛祖拿捏住的孙悟空。

宋老师将手搭在黄金瓜的肩膀上,像个亲切的大姐姐:"同学

们，从此，黄金瓜就是我们这个大家庭里的一个新成员。他是个非常聪明、有智慧的男孩，让我们用热烈的掌声欢迎我们的新成员。"

乔麦第一个鼓掌，闫小格第二个鼓掌，欧阳帅第三个鼓掌，同学们陆续跟着热烈地鼓掌。朱迪用眼扫了扫同学们，这个时候大家都在给宋老师面子，他可不能例外，于是也很不情愿地跟着鼓起掌。

热烈的掌声让刚才想钻进地缝的黄金瓜稍有一些安慰，他的心情慢慢放松了下来，本来攥紧的拳头也舒展开来。尽管接下来的学习生活对他来说仍充满着未知，但这热烈的掌声向他传递了友爱的信号，黄金瓜感激地看了一眼宋老师，宋老师微笑地回应。

收到宋老师的鼓励，黄金瓜也放松下来，逐渐拿出些在乡下时孩子王的精气神："同学们，大家好，我是黄金瓜！我的弹弓玩得很好，打水漂更是一绝，欢迎大家来找我玩。"

大家听了这话纷纷议论起来，在城里，同学们《奥比岛》《洛克王国》这些电脑游戏玩得不少，陀螺、溜溜球这类玩具也都玩过，可要是提到弹弓和打水漂，那玩过的孩子可没几个。大家听到这些玩的，都觉得有些新奇。至于朱迪，看着刚刚还和自己站在统一战线的同学们瞬间就开始讨论黄金瓜，甚至语气里还有些崇拜，不免有些不舒服，他不以为然地撇撇嘴。

宋老师知道这是个让大家对黄金瓜好奇和了解的好时机，忙开口："是的，黄金瓜同学从小在乡野长大，知道很多乡村才有的游戏和关于农村的知识，身体也非常矫健灵活，欢迎大家下课后找金瓜同学玩。"宋老师这句话引起了不少同学的好奇，在上课期间也时不时瞥一眼黄金瓜。

下课铃刚响，班里就炸开了锅，而讨论的中心人物就是黄金瓜。班上分成两派,大部分同学还是有些难以接受这个看起来很土的乡下小孩,纷纷用异样的眼光打量着金瓜,对他的旧书包指指点点,小声议论。闫小格就属于这一派。原来闫小格早就听说班里要来一名新同学,而且还是个特别优秀的阳光男孩。可在闫小格眼前的竟然是这个皮肤黝黑、背着破书包的男孩。

朱迪向闫小格拱手笑道:"格格呀格格,在下实在佩服,佩服。你是什么眼光?这就是你之前说的阳光男孩啊?有你这样谎报军情的吗?"

闫小格也有些困惑:"怎么会呢?哦,我明白了,这叫低调。低调,懂吗?"

乔麦对新来的黄金瓜很好奇,她和班上其他同学一样,对只在书本里见过的乡村很感兴趣。她凑到黄金瓜身边问道:"金瓜,金瓜,你们那里有山吗?有牛吗?"

朱迪一看到乔麦几个人围着黄金瓜有说有笑,忙挡在乔麦的面前:"麦子,他就是个乡下孩子而已,你看他刚刚自我介绍,一开始啥都说不出口就在那里呃呃的,你有什么问题,还不如问我呢。"

乔麦听了朱迪的话有些不舒服,瞥了一眼他没有理会。边上几个同学也纷纷围上来询问黄金瓜,有的问他从哪来的,有的问他为什么取名叫金瓜,有的问他爸爸妈妈做什么的。同学们连珠炮似的问题,让他应接不暇。黄金瓜本来对这些热情和善意也有些开心,正准备一一解答,只是边上一个同学突然问他妈妈是做什么的,这问题瞬间触痛了这个敏感的少年。黄金瓜有些难过,又不知要如何回答这个问题,干脆低着头一声不吭了。

看着同学们把黄金瓜"围堵"起来,黄金瓜明显有点招架不住了,闫小格连忙站出来制止:"瞧你们一个个那么八卦,有没有意思？人家的私事跟你们有一毛钱的关系吗？哪里凉快哪里待着去。”

班里的"大姐大"说话是很有分量的，谁都会给闫小格面子，一个个停止了问话，乖乖地回到各自的座位上。

黄金瓜感激地看了一眼闫小格，默默地记下了闫小格和乔麦的名字。

上课铃响了，同学们"赶热闹"的情绪基本稳定下来。宋老师走进教室后稍微定了定神，环视了一下全班同学。黄金瓜坐在自己的位子上，低着头一声不吭。宋老师从他的表情中读出了他的失落，她能想象到刚才下课时间，这群调皮鬼对黄金瓜同学进行了怎样的暴风骤雨般的提问，也大概猜到了黄金瓜多半有些应接不暇。

宋老师再一次扫视了每位同学，她从一年级开始就当他们的班主任，太了解这帮孩子了。如何根据学生的情况，营造好的班风、学风，她还是十分有经验的。

宋老师把目光聚焦到黄金瓜的身上："黄金瓜同学是新转来的，对我们班级、学校的情况及要求都不清楚，老师想问问大家，有没有同学愿意与他手拉手结为好伙伴，帮他尽快熟悉环境呀？"

很多同学都举起手表示愿意，黄金瓜的同桌乔麦也举起了手。

乔麦同学是一个温柔的、胆子偏小、说话轻声慢语的小女生，有时候她轻声慢语起来会让有的人浑身起鸡皮疙瘩，但是没办法，柔弱的女生总是会激起男生的保护欲，只要乔麦同学一哭鼻子、一撒娇，很多男生都会冲在前面帮她解决困难。比如，朱迪同学就十分地喜欢她，绝不会容忍别人欺负她。本来他是乔麦的同桌，因为要来新同学才重新调了座位，所以他觉得是黄金瓜的到来，阻碍了他和乔麦的友谊,也破灭了他和乔麦同学坐一起的梦想,所以他从内心已经对这个新同学产生了淡淡的敌意。

乔麦面带微笑,声音非常温柔:"宋老师,我是黄金瓜的同桌,我来帮助他最合适。"

宋老师也觉得乔麦是最好的人选,因为乔麦温柔善良,而且性格内敛温和,所以特意把黄金瓜安排和她同桌。宋老师非常欣慰地走到乔麦身边,冲着她笑了笑:"谢谢你,乔麦同学,以后你要多帮助金瓜同学。"

"好的,宋老师。"

"黄金瓜同学,你也要主动积极,不懂的地方要多请教乔麦。"

黄金瓜笑着点点头。他看着眼前的同桌,温柔而甜美,善良而真诚,他的戒备心慢慢放下,他相信眼前的这个女同学一定能成为他的好朋友。

朱迪着急地小声嘀咕起来:"完蛋了,完蛋了,乔麦以后就是这乡下孩子手拉手的伙伴了。"

宋老师看了一眼朱迪:"朱迪,你在嘀咕什么呢?"

朱迪装傻忙摆手:"啊,没有,没有。"

黄金瓜再次看了一眼乔麦,他的内心更多了一份自信和欣慰,刚进班级的那一刻,同学们的"嘲笑"和"起哄"让他有一些不安,甚至愤怒,但随后他又感觉到其实同学们都是非常友善的,没有什么坏心眼。特别是有这么一个漂亮又温柔的同桌,在其他一些人的"嘲笑"和"起哄"中仍然可以如此"厚爱"自己,这更让金瓜非常感动,也开始有了点信心。

下课铃声一响,老师前脚刚离开教室,朱迪后脚就冲到教室门口一拦,面向同学们大声喊道:"各位同学,耽误大家两分钟时间,我有要事相告。"

"什么事呀？我还要上厕所呢。"

"对呀，什么事？快说，快说，就你事多。"

"好嘞，就耽误大家两分钟时间，两分钟时间。"

朱迪匆忙跑到座位上从书包里拿出请柬，他一手握拳，一手高举请柬诚挚邀请："这个周六就是本少爷的生日了，生日庆典设在蓝天海鲜城，各位一定要捧场。"

一位男生感慨道："哇，那可是高档场所！"

站在男生身边的一个瘦高的同学羡慕地竖起大拇指："排场，排场！"

朱迪看到同学们向自己投来羡慕的眼光，更加起劲："那是，本少爷生日一年不就一次吗，还不奢侈点？所以大家一定要多多捧场。"

欧阳帅可不服气，他径直走到朱迪面前："得了，你那算不上排场。闫小格上次生日，他爸包下全市最豪华的酒店帮她庆生，那场面才叫作高大上。"

闫小格故作谦虚地说："嗨，也就还行吧，那次已经算是从简了。"

欧阳帅看朱迪不吱声了，连忙又追加道："人家格格低调，你们没看到她书包里装的那部 iPhone 手机吗？最新款式的苹果，这还只是她几部手机中的一个而已。"

一个小个子男生走到闫小格面前，讨好地说："格格，真的吗？你的最新款手机能借我摸摸，哦不，看看吗？我之前也想要，结果被我爸骂了一顿。"

朱迪看着班上全部的焦点和威风都转向闫小格，有点不服气，他要为自己扳回一局,找回面子。他不屑一顾地瞟了一眼欧阳帅:"切!谁稀罕。不就是最新款的 iPhone 吗?改天我让我爸也给我买一部就好了。"

小个子男生看不下去了,撇了一下嘴:"还 iPhone 呢,我看你就是'爱风'吧,整天就爱出风头。"

小个子男生边说还边调皮地唱起改编的《还珠格格》里的插曲,而且边唱边舞:"你是风儿,是傻儿,疯疯癫癫到天涯。"

其他几个男生也跟着一起唱起来:"你是风儿,是傻儿,疯疯癫癫到天涯。哈哈哈哈。"

朱迪不服气地把书包往桌上一扔,一屁股坐在椅子上:"真没见识,别小看人,咱们骑驴看唱本——走着瞧。"

上课铃响了,班长提醒同学们:"上课了,上课了。"大家纷纷坐到各自的位置上。一场生日宴会的邀请就这样在同学们的欢声笑语和起哄中不欢而散,朱迪本来想通过这此生日宴会来显摆一下自己家雄厚的经济条件以及自己在家庭中的地位,可结果却栽在闫小格那里。朱迪有些灰心,他像泄了气的皮球一样没精打采地瘫坐在自己的座位上。

09. 风波迭起

下课时间,大部分同学都走出教室玩去了,班里只有黄金瓜、朱迪、张婷婷,还有少数几个同学,有的在打闹,有的在看书,有的在下跳棋。

黄金瓜坐在自己的座位上,把上一节课老师教的内容复习一遍。刚刚进城上学,有很多知识点是在乡下没有学过的,要想尽快融入集体学习之中不掉队,黄金瓜必须付出努力,抓紧一切可以学习的时间去消化吸收。

朱迪看到黄金瓜下课还那么认真、带劲,觉得他对自己来说迟早是个威胁,他可不希望一个乡下孩子学习超过自己。再说,乔麦还为黄金瓜说话,而且还主动提出要跟他结伴,帮助他,这可彻底打翻了朱迪的醋坛子,他要好好在金瓜面前表现一下自己的"威武",好让金瓜记住他并能够对他甘拜下风。

朱迪径直走到黄金瓜面前打趣他:"喂,你到底是从哪来的?背着个这么土掉牙的书包,也敢到我们班上来混?丢人不?买不起,我送你一个。"

黄金瓜瞟了一眼朱迪,没有理会他,继续看书。

黄金瓜的不屑一顾让朱迪很难堪,像是一拳打在了棉花上,让他有点下不了台,他用手敲了敲黄金瓜的桌子:"我在跟你说话呢,你没听见吗?"

黄金瓜低声说道:"你到底想干啥?"

朱迪看到黄金瓜终于有所反应,他马上回应道:"啥?啥?啥什么啥?傻瓜的傻啊。真是个奇葩,说话都带口音。"边上几个看热闹的同学都跟着笑起来。

张婷婷看不下去了,走到朱迪身边说:"朱迪,你能不能别欺负人?"

"怎么啦?关你什么事?"

"你欺负人我就打抱不平,我就看不惯你这种人,只会欺负弱者。"

朱迪朝着张婷婷挥挥手:"亲爱的婷婷同学,请别管闲事,自觉点站一边去。"

张婷婷不服气,继续劝阻:"朱迪,你若是不听劝阻,还是这样器张,我就去向宋老师告状。"

朱迪瞪了一下张婷婷:"你敢?你少管闲事。"

张婷婷可不让步:"你敢欺负人,我就敢告状。"

"哟嗬,长本事了。"朱迪拍了一下自己脑袋,好像恍然大悟,"哦,我知道了,我知道了,你是不是喜欢这个黄金瓜呀?"同学们又是一阵哄笑。

张婷婷被朱迪的话气得满脸通红,生气地大吼:"你真庸俗,简直不可理喻!反正不许你欺负人。"

黄金瓜不屑一顾地看了朱迪一眼:"真无聊,聒噪。"

至于朱迪,看黄金瓜似乎是个硬茬子,又恼怒张婷婷主动来帮腔让他下不来台,他开始把战火转移到了张婷婷身上,他大声起哄着:"哦——哦——新闻播报,新闻播报,Nancy 喜欢黄金瓜,Nancy 喜欢黄金瓜。"

张婷婷尽管气得直喘粗气,但是也懒得和朱迪一般见识。其实她一时也想不到什么好办法来回击朱迪这个无赖的招数,于是很看不起地翻了个白眼:"没素质,懒得理你。"

黄金瓜内心有些恼怒,朱迪三番五次来挑衅,就连下课都要来打扰他学习,本就让他有些不爽了,更何况他还不负责任地编派帮助自己的同学,欺负自己可以忍,欺负照顾自己的朋友实在难忍。黄金瓜此时此刻放在书桌下的拳头攥得紧紧的,很想一拳挥过去打他个鼻青脸肿,但是他还是告诫自己:"克制,克制,一定要克制。临行时奶奶嘱托,到城里上学要学会克制自己,不要和同学打架,给老师添麻烦。为了奶奶的嘱咐,为了不给宋老师丢脸,一定要忍耐、忍耐、再忍耐。"

黄金瓜尽管已经很生气,但还是松开了他那攥紧的拳头。"你——"他想了半天,一时也想不到要对这种无赖说些什么。

朱迪见状还以为黄金瓜害怕了,继续挑衅道:"你、你什么你?难不成你还想打架吗?我的胳膊比你的腿都粗!"

朱迪卷起袖子,露出又粗又白的胳膊,一拍都颤了两下:"瞧瞧,这就是实力,要不要较量较量?"

同学们开始起哄:"来一架,来一架!"

黄金瓜眯着眼睛也起了火性,又一次握紧了拳头。在村上,他可是"孩子王",小伙伴们都崇拜他,大家都跟在他身后,可如今却被这个小胖子蹬鼻子上脸地欺负,是可忍,孰不可忍!就在一场"战争"即将爆发时,闫小格双手环抱于胸前,迈着"女王"般的步伐走到黄金瓜的面前。

闫小格不屑一顾地瞟了一眼朱迪,很快把目光转移到黄金瓜身上:"金瓜,别和朱迪一般见识,他就这德行。以后跟着我混,保证没人敢欺负你。"

"对,对,跟着格格没人敢欺负你。"

朱迪睁大眼睛:"格格,你怎么……?"

闫小格狠狠瞪了朱迪一眼,朱迪没敢吱声,他心知肚明:在众人都支持都喜爱的同学面前,他要保持低调,不然会"惹祸上身",成为公敌。此时此刻,他只能变进攻为后退。

朱迪很不服气,但他还是要给自己找个台阶:"今天,就给格格一个面子。"

上课铃响了,老师走进教室,同学们立即安静下来,回到自己的位子上坐好。下课风波就这样在上课铃声中平息下来。

今天有美术课,是班主任宋老师的课,也是同学们都非常喜爱的课。今天的美术课是画蚯蚓,为了这节课,黄金瓜同学提前做了准备。趁着周末,黄金瓜到郊外捉了好几条蚯蚓,还把这些蚯蚓养了起来,就等美术课给宋老师当标本,用于观察蚯蚓的形体。用活的标本,同学们就能亲密地接触蚯蚓,这样画出来的作品就更具有灵气,黄金瓜也是够用心了。

黄金瓜早早地来到班级,把装蚯蚓的盒子放到抽屉肚,有条调皮的蚯蚓为了透透气,自己爬出了盒子,慢慢蠕动到了乔麦的抽屉肚。

乔麦来到自己座位上放下书包,她从书包里掏出书本和文具,当她刚把文具盒放进抽屉肚时,摸到一个湿乎乎的东西,她不知是什么,顺手掏出来看了看。"啊——"一声惊叫瞬间打破了班级的宁静,乔麦同学瑟瑟发抖起来,整个人都吓傻了。朱迪赶紧走到乔麦的座位边,看到桌上的蚯蚓非常惊讶。

朱迪吃惊地问:"这怎么回事? 哪来的蚯蚓?"

　　黄金瓜看乔麦反应这么大,也有些摸不着头脑,这蚯蚓在乡下常见得很,连村头那家比他小很多的妹妹都能乐呵呵地抓蚯蚓玩。他顺手捏起蚯蚓,有些不解:"这不就是一条小蚯蚓吗? 没什么好害怕的呀!"说着黄金瓜就把蚯蚓捉到纸盒里。

　　乔麦这时还没缓过神来,埋着头大声哭起来。同学们好奇极了,大家都凑过来想看看蚯蚓。

　　黄金瓜并没有感觉到事情会这样严重,还把乔麦给吓哭了,他有些不知所措,连忙慌乱地安慰乔麦:"乔麦,你瞧,多可爱的小动物。瞧,我都敢舔,味道咸咸的,蚯蚓还是很好的中药呢。"

　　黄金瓜说着捏起蚯蚓,还用舌头做了舔舔蚯蚓的动作。

　　一男生竖起大拇指:"爷们!"

　　边上一个女同学看得直摇头:"真恶心!"

　　宋老师走进教室,看见很多同学围在乔麦和黄金瓜的周围,她径直走了过去。

　　看到宋老师到来,朱迪感觉到似乎是大圣降临,他的表现机会终于来了,他要好好地告黄金瓜一状。

　　朱迪指着桌子上的蚯蚓,大声说道:"宋老师,黄金瓜上课带蚯蚓,还故意拿着蚯蚓把乔麦同学吓哭了。"

　　宋老师看到眼前的情景,感觉到黄金瓜同学似乎闯祸了,忙去安抚正在哭泣的乔麦:"麦子,别怕,蚯蚓只是一条爬爬虫而已。别哭了,等下课我帮你找黄金瓜同学算账。"

　　麦子的哭声稍微小了点,渐渐变为抽泣。

　　宋老师转身质问黄金瓜:"金瓜,你怎么把蚯蚓带到课堂上了,还拿着蚯蚓去吓同学?"

　　黄金瓜见到的宋老师一向是和蔼可亲的,今天宋老师的表情和质问着实让他感觉有些陌生,同时更多的是委屈。

黄金瓜解释道:"宋老师,蚯蚓是我带到学校的,可我没有拿蚯蚓吓人。"

朱迪忙火上加油:"还说没有,你看麦子哭得多难过。"

黄金瓜摆摆手:"没有没有。今天不是要画蚯蚓吗,我想让大家看到活的,所以才捉了好几条蚯蚓带到学校,让同学们可以照着画。"

听了黄金瓜的解释,宋老师知道自己错怪他了,而且更觉得金瓜是个热爱生活的孩子,也是个喜欢实践的孩子,不能浇灭孩子这种对生活的热情。

"金瓜同学,你的想法很好,这种勇于探索、勇于实践的精神值得我们学习。刚刚是老师错怪你了,知道你不是故意的。但是还是要小心,既然把蚯蚓带到班上来,就要对它们负责,不能让它们爬出来吓到同学,对不对?"

"就是。"朱迪跟着附和并挥起拳头,小声嘀咕着,"小心点!"

黄金瓜回头瞟了朱迪一眼,更加委屈了:"宋老师,我也没想到会吓到同学,是蚯蚓自己爬出来的。"

朱迪不依不饶道:"喊,说不是你故意恶作剧放出来的,鬼才相信。"

黄金瓜再三解释:"本来就是的,是蚯蚓自己爬出来的。"

朱迪火上浇油:"别逗了,不是你暗地里使坏,蚯蚓自己会爬吗?你哪只眼睛看到它长脚了,会爬出来?"

朱迪一番话一出,全班哄堂大笑。

欧阳帅叹了口气:"朱迪,你一点常识都没有,只会吃。"

宋老师提高声音:"好了,好了,我相信黄金瓜同学的话,这肯定只是个意外。还有,朱迪,谁告诉你蚯蚓没有脚就不会灵活地活动了?这节美术课你可真要认真听了。"

宋老师的信任和维护,让黄金瓜心里释然了一些,之前被宋老师误会的所有委屈都化解了。黄金瓜感激地看了老师一眼,仿佛在说:"谢谢老师的信任。"

同学们都安静下来,朱迪回到自己的座位上。宋老师安慰乔麦:"麦子,金瓜同学不是故意的,你就原谅他吧,别难过了。"

黄金瓜诚挚地道歉:"是的,乔麦,我真的不是故意要吓你的,是蚯蚓自己爬出来的。也怪我没看好它,对不起!"

乔麦擦擦眼泪,情绪平复了许多,她轻声对金瓜说:"算了,你也不是故意的。"

看着两个孩子和平解决了蚯蚓事件,宋老师感觉很欣慰,她转身走向讲台:"好了,我们开始上课吧。今天,老师决定这节课由黄金瓜同学跟我共同完成。"

听了宋老师的话,大家有些惊讶,但同时又很期待,想看看二人该如何共同完成这节美术课。

只有朱迪非常轻视地嘀咕了一下:"他能做什么?"

宋老师微笑着邀请道:"刚才很多同学不是都想看看蚯蚓的样子吗?下面就让金瓜把蚯蚓放到多媒体展示台展示给同学们看,并让金瓜当小老师给我们介绍介绍蚯蚓,好不好?"

同学们欢呼起来,对于城里的孩子来说蚯蚓确实是个罕见的小动物,不是城市里没有,而是城里的孩子很少去刻意观察蚯蚓,但黄金瓜对这再熟悉不过了。

黄金瓜此时脚底充满了力量,尽管有些紧张,但他很自信。他迈着大步捧着纸盒走向讲台,开始还有点羞涩,可他对蚯蚓太了解了,介绍蚯蚓就像吃家常便饭一样简单。

"同学们,蚯蚓为一种常见的陆生环节动物,生活在土壤中,昼伏夜出,也就是说,它们白天睡大觉,晚上才喜欢出来到处溜达嘞。它们以畜禽粪便和有机废物垃圾为食,连同泥土一同吞入,是不是很厉害?当然,我也见过它们吃植物的茎叶等碎片。还有哦,大家别看蚯蚓长得其貌不扬,但其实蚯蚓可以疏松土壤、改良土壤、提高肥力,促进农业增产,是农民的好伙伴呢。"

黄金瓜介绍蚯蚓时不仅说到了很多知识点,讲解得也绘声绘色、简洁易懂,同学们听入神了,就连一开始不以为然的朱迪也不由自主地挺直了背。黄金瓜见状,接着给大家展示蚯蚓:"你们看,蚯蚓的身体是两侧对称的,具有分节现象。实际上,它们没有骨骼,体表覆盖一层具有色素的薄角质层。除了身体前两节之外,其余各节均有刚毛。刚刚朱迪同学说蚯蚓没有脚,的确如此,但蚯蚓仍然可以灵活地移动,这主要是靠肌肉的收缩来完成的……"

黄金瓜越讲越自信,越讲越投入,这是他擅长的领域,说起来没有任何难度。宋老师边听边观察同学们的表情:当金瓜在讲台上侃侃而谈时,同学们听得很入迷,都被黄金瓜的精彩讲述吸引了。此时的宋老师心里特别高兴,特别欣慰。

一堂生动的蚯蚓观察课,改变了许多同学对黄金瓜的看法,黄金瓜通过这次给同学们上课,也尝到了作为老师的快乐,感受到了同学们的热情,增强了自信心,也坚定了在城里读书的决心。

当然,班里也有不用心听讲的,那就是朱迪同学。他开头还听个新奇,听到后面那么多知识点也就懒得听黄金瓜说了,心思全转移到乔麦身上。他偷偷地拿出一张餐巾纸,在餐巾纸上写道:"麦子,别哭,有我。"写完后,又偷偷递给麦子。麦子看到餐巾纸后揉成一团,塞进抽屉肚。

放学了,同学们纷纷离开校园。朱迪可是一直记恨在心:黄金瓜把他喜欢的乔麦吓哭了,他可咽不下这口气。朱迪邀上他的好朋友叮当壮胆,就在今天他要和黄金瓜一决雌雄,他要替麦子好好教训教训黄金瓜。

黄金瓜独自一人走在放学的路上,朱迪小跑着赶上金瓜,拍了一下他的肩膀大声叫道:"站住!"叮当同学紧随其后。

黄金瓜问:"做啥?"

"你说做啥?"朱迪狠狠地瞪着黄金瓜,而黄金瓜对他根本不屑一顾。

朱迪气愤地说:"你为什么拿蚯蚓吓麦子? 我要替天行道。"

叮当挡在朱迪前面,摆出小老弟的样子:"你知道吗? 麦子可是我们朱迪的白雪公主,你把他的白雪公主吓哭了,我们的朱迪王子能饶了你吗?"

黄金瓜也有些恼怒:"有完没完? 我说过了我没有,是蚯蚓自己爬出来的。你为什么三番五次冤枉我呢?"

黄金瓜说完就准备转身离开,朱迪一把抓住黄金瓜的书包,叮当张开双臂拦住黄金瓜。黄金瓜用力甩开朱迪准备离去,朱迪又一把抓住黄金瓜的书包带,黄金瓜懒得与他们纠缠,想一扭身逃脱,没料到用力过猛,书包带子被扯断了。

黄金瓜看着自己心爱的书包被扯断了带子,简直忍无可忍:"你——"

黄金瓜举起拳头想揍朱迪,朱迪吓得往后一缩,黄金瓜看到朱迪的样子,想想宋老师,收回了拳头,想要和平解决。

朱迪一看,以为黄金瓜怕了,又上前死死拽住黄金瓜的书包,不让他离开。

"你只会欺负女孩。"

"别拽我的书包,你把我书包弄坏了,你赔。"

"啧啧,谁还背这个破书包?送给我,我都不要。就不赔,怎么样?"说完,朱迪再用力一拽,剩下的一个书包带也断了。朱迪索性把书包里的书本倒出来,还朝着书本踩了几脚。黄金瓜看到自己与妈妈的合影被踩脏了,愤怒像火山一样爆发,他一个箭步上去,锁住朱迪的脖子。

黄金瓜怒气冲冲地说:"你这个家伙,赔我书包,赔我照片!"

朱迪梗着脖子:"怎么?想打架吗?叮当,上。"

叮当其实很胆小,但为了面子还是走上去揪住黄金瓜的衣服:"放了朱迪,放了朱迪,不然我就对你不客气了。"

黄金瓜紧紧锁住朱迪的脖子,朱迪急了,顺口咬了黄金瓜一口,黄金瓜被咬疼了,一个扫堂腿把朱迪扫倒在地。黄金瓜摁着朱迪,朱迪紧紧拽着黄金瓜的衣服,两个人纠缠在一起,互不相让。叮当跑上去拽黄金瓜,让朱迪有反击的机会。然而叮当这小胳膊根本拽不住黄金瓜,他胳膊一动就把叮当甩开了,对着被按在地上的朱迪举拳就要打。

欧阳帅刚好路过这里:"哇,怎么回事呀?快住手!老师说过,打架不是好学生。古人云,冤家宜解不宜结。有话好好说,有话好好说。"

欧阳帅的话没有平息三个人的战斗,他急得在一边乱转,突然他急中生智:"快住手,宋老师来了,宋老师来了。"

听到宋老师来了,黄金瓜才松开手。

朱迪正艰难地从地上爬起来时,远远地看到奶奶走了过来。

一见到奶奶,朱迪委屈地号啕大哭起来,干脆往地上一躺。这是朱迪对付奶奶的撒手锏,只要他一哭一闹,准能博得奶奶的心疼,这种方法能让奶奶出面为他"报仇雪恨"。

朱迪奶奶听到孙子的哭声,看到孙子倒在地上,箭一般跑到孙子身边,一把抱着孙子的头,心疼得不得了,恨不得倒在地上的是自己:"哎哟,我的宝贝蛋蛋哦,这是怎么啦?怎么啦?你没事吧?"

朱迪奶奶摸摸孙子的头,又摸摸孙子的胳膊,将他全身上上下下都打量了一番,看看孙子有没有哪里受伤。她心疼地问道:"怎么回事?有没有哪里受伤?"

朱迪哭着跟奶奶告状:"奶奶,黄金瓜打我,他打我。"

朱迪奶奶着急地问:"谁?谁打你?谁敢打我孙子?"

朱迪有些不耐烦:"金瓜,你聋了吗?"

朱迪奶奶疑惑不解:"啥金瓜、银瓜?"

朱迪躺在地上装受伤严重,手指着黄金瓜:"奶奶,就是他。好疼呀!"

朱迪奶奶走到叮当面前:"是你打我孙子?"

叮当吓得往后退并一个劲地摆手,他用手怯生生地指了指金瓜。

朱迪奶奶一把揪住黄金瓜:"你是谁家孩子?这么野蛮,父母是怎么教育的?"朱迪奶奶连珠炮似的发问让黄金瓜无所适从。

"太没有素质了!你爸爸妈妈呢?"

"事情都是我惹的,跟我爸妈有什么关系?"

"哎,你打人嘴还那么硬。你知道吗?我家蛋蛋从小长到这么大,我们一根汗毛都没舍得碰过,竟然被你打了,走,找你们老师去。"

黄金瓜委屈道："是朱迪先惹我的,他把我书包带弄断了,还踩脏了我妈妈的照片。"

朱迪奶奶气愤地说："不就是一个破书包吗? 赔你一个就是,你怎么能动手打人?"说完,朱迪奶奶拽着黄金瓜往老师办公室走去。

小叮当连忙把黄金瓜散落在地上的书本收拾好,当他捡起那张被踩脏的黄金瓜母子合影时,小叮当从心底感受到了事情的严重性,也感受到了黄金瓜对这张照片的重视程度,他把这张照片稍微清理了一下放进一本书中夹好,然后很小心地把书和照片放进书包。

朱迪奶奶愤怒地一直死死地揪住黄金瓜,生怕他跑了似的,一路揪扯到宋老师办公室,看到宋老师方才松手。

朱迪奶奶一见到宋老师,就一把鼻涕一把泪哭诉起来："宋老师,你今天要好好教育这个什么瓜的,他打人,把我孙子狠狠地摔在地上。你看看我孙子,本来多机灵的一个孩子,现在都有点傻了。"

宋老师安慰朱迪奶奶："奶奶,别着急,我来了解一下情况。"

宋老师拿了一把椅子请朱迪奶奶坐下,然后她把孩子们叫到一边了解整件事的经过。很快黄天顺也急匆匆地赶到宋老师办公室。

黄天顺一走进宋老师办公室,就明显感觉到了空气中充满着紧张和不和谐。

黄天顺着急地问道："宋老师,发生什么事了? 金瓜是不是犯什么错误了?"

宋老师看了看黄天顺："黄金瓜同学跟——"

宋老师的话还没说完,就被朱迪的奶奶打断了。

朱迪奶奶一看到黄金瓜的爸爸,恨不得跑上前挠他两下,好好替孙子出口气。碍于宋老师在场,她还是控制住了自己的情绪。

朱迪奶奶朝着黄金瓜爸爸吼道:"你是怎么教育孩子的?太没教养了,这么点大的孩子就知道打架,长大还得了?"说着把朱迪拉到金瓜爸爸面前,"你瞧瞧,你瞧瞧,看把我孙子打的。"

黄天顺也不问青红皂白,气愤地批评儿子:"金瓜,你怎么能打架?你以为这是农村吗?"

黄金瓜委屈地哭了,愤怒地瞪着爸爸:"我才不想到城里来上学呢。"

黄金瓜的话戳痛了黄天顺的心,他有些踌躇,又有些自责,忙转身向朱迪奶奶道歉:"不好意思,老人家。"

"不好意思就行了?你要带我孙子去看,还要到最好的医院。"

宋老师忙过来解围:"奶奶,我刚才了解了一下情况,是朱迪先咬人的。"

宋老师又把目光转向叮当:"叮当,你说说事情的缘由。"

叮当瞄了眼朱迪,又瞄了眼宋老师,支支吾吾地道:"是……是……朱迪先咬人的,还把金瓜的书包扯坏了,还……还……"

"他还把我和妈妈的合影踩脏了,我打他都是轻的。"黄金瓜愤怒地说道。

宋老师卷起黄金瓜的袖子,只见黄金瓜胳膊上有道深红色的牙印,很明显。黄天顺看到后心疼地走过去准备拉黄金瓜的胳膊,黄金瓜倔强地甩开了,刚刚爸爸不分青红皂白的批评更是在他本来就委屈的心上撒了一把盐。

朱迪奶奶毫不在意地瞥了一眼说:"这是我孙子正当防卫,反正我只看到我家蛋蛋被你儿子摔倒在地,我孙子万一摔成脑震荡怎么办?"

黄天顺可不想在这无休止的评理中解决事情,他急忙说:"好、好,奶奶,我这就带你孙子去医院。"

黄天顺带着朱迪及朱迪奶奶一起去了医院。黄金瓜抱着被弄坏、弄脏的书包,伤心得掉下眼泪。

宋老师走过去,递上餐巾纸:"金瓜,别伤心了。把书包给我,我帮你洗干净,缝好。至于朱迪,这次确实是他不对,等他回来我批评他。"

黄金瓜没有吱声,眼泪一直往下掉,此时他想家了,也想奶奶了,更心疼自己的书包,这可是妈妈亲手缝制的书包,是他最爱的礼物,更是他最好的念想。

黄金瓜想不明白,明明一直都是朱迪在不断挑衅、嘲笑、冤枉他,他一直隐忍,忍到连妈妈亲手给他缝制的书包和他当作唯一的念想的照片都被弄坏弄脏了,可最后安然无事的还是朱迪这个会演戏的小胖子,爸爸反而还要赔着笑脸带朱迪去医院。在他看到朱迪那个胡搅蛮缠的奶奶后,也明白宋老师的无奈。面对朱迪奶奶这样的学生家长,宋老师也很难维护他,现在这样能够帮忙缝补书包,答应之后批评朱迪,已经做到她能做的最多了。作为班主任,需要解决班级的矛盾,也只能做到这样所谓的"公平"。有时候不是事事都能做到公平、公正,孩子们之间的"战斗"往往需要孩子们自己去化解。也许等他们长大了再聚首时,这场"战斗"将会成为他们谈笑风生的话题,成为他们儿时最美的回忆。

黄金瓜垂着脑袋擦了擦眼泪,没精打采地对宋老师说了声"谢谢",就离开了办公室。他不想让别人看到自己脆弱的样子,他明白，流泪是解决不了问题的。

第二天班会课上，朱迪虽然被宋老师批评了主动找同学麻烦，却依旧是一副不痛不痒的样子，连和黄金瓜说"对不起"的时候都显得很敷衍。

回到座位上之后，朱迪还趁宋老师不注意，偷偷对黄金瓜做了个鬼脸，只是在看到黄金瓜回敬他的冰冷的眼神时，被吓到赶忙掉过头去。

"不就是个乡巴佬吗，装什么凶！"朱迪心有余悸地拍拍自己的胸脯，给自己壮胆。

这天，刚好是朱迪值日，等到他慢吞吞完成值日任务的时候，学校里的同学老师已经走得差不多了。而这也是黄金瓜等待已久的用自己的方式找回"正义"的时机。如果朱迪没有弄坏、弄脏他的书包和照片，他还能忍下去，但是昨天这一下，实在是触碰了黄金瓜的底线。

此时，黄金瓜手握着铁蛋送给他的弹弓，埋伏在学校的花圃里，他已经提前踩过点，这个花圃是没有监控的死角。黄金瓜捡起一颗小石子，眼看着朱迪背着书包扭着屁股出现在自己的射程之内，立刻拉满弹弓从茂密的灌木丛间隙射出石子。朱迪正哼着小曲想着昨天黄金瓜吃的暗亏心情愉悦得很，却突然感到屁股被"咬"了一口似的，疼得他"哎哟"一蹦。

当朱迪回过头时，却发现自己身后空无一人。朱迪色厉内荏地扯着嗓子喊了声："是谁？"回答他的只有从窗缝里穿行而出的呜呜的风声。这时候，黄金瓜早就趴在花圃里，身体紧贴地面藏好了，从外面根本看不出有人。

朱迪有些害怕了，抱紧自己的书包急急地往前走。黄金瓜又快速起身"装弹",对准朱迪另一半屁股拉满弓,狠狠打了出去。这下朱迪痛得捂着屁股险些落泪,他小心翼翼地回头,却还是空无一人。朱迪看着逐渐暗下来的天色和天空中压下来的乌云,憋住眼泪转身就往校门跑,一直跑到来接自己的奶奶身边才忍不住哭出声。

回到家,看着朱迪有些红肿的屁股,朱迪奶奶虽然心疼,但是也一筹莫展,除了骂骂咧咧两声也没有什么其他好办法了。在找不到"肇事者"的情况之下,祖孙俩只能暂时吃下这个"暗亏"。

朱迪奶奶听着孙子"哎哟哎哟"地哼哼唧唧个不停,心疼的同时又有些心烦,只能嘴上喊着"明天奶奶就去学校给你查监控去"!只是这查监控,也注定要无功而返了。

10. 受冤出走

　　这天上午第三节是体育课,内容是四百米测试。同学们今天的穿着都是为上体育课准备的。上课之前大家脱下外套,整理好运动服,在老师的指挥下进行测试。

　　大部分同学跑下来都累得气喘吁吁,两腿发软,特别是朱迪,在跑到二百米时实在坚持不下去。为了测试过关,老师安排了几名男生陪同朱迪,连拖带拽,他终于在规定的时间里跑完了四百米。朱迪的脸涨得通红,脸上的赘肉显得苍白,到达终点时他干脆往地上一躺,直喘粗气。

　　轮到黄金瓜测试了,只听体育老师刚刚一声令下,金瓜便像一只飞奔的羚羊冲出起点,把和他一起测试的几个男同学远远地甩到身后。飞奔的羚羊吸引了同学们的目光,大家情不自禁地为黄金瓜鼓掌呐喊。同学们的呐喊声助长了黄金瓜的气势,他仿佛脚底下安装了加速器,感觉自己力量更足,再次加快步伐向终点冲去。他一骑绝尘的姿态吸引了许多人的目光,临近终点却越来越快的速度更是让人移不开目光。

　　躺在操场上的朱迪听到同学们热烈的呐喊声,有些按捺不住了,他缓缓地爬起来坐在地上,他要好好看看黄金瓜到底有什么能耐让同学们如此疯狂。看着像风一般奔跑的黄金瓜,朱迪从内心产生了一丝丝的佩服。随之他又转念一想:哼,有什么了不起?

　　尽管今天有体育课,还要进行四百米跑步测试,格格同学还是穿着自己漂亮的外套,戴着爸爸从国外带回来的手表。另外,她还带了一套运动装备。在上课前格格把运动装、运动鞋换好,把手表摘下来顺手放进脱下的外衣口袋,一切准备就绪后,就等待着四百米测试了。

体育课结束了,同学们纷纷离开操场,黄金瓜是最后一个离开的。在通往班级路边的草地上,他发现了一块手表。黄金瓜捡起手表翻来覆去地看着,然后又环顾四周,看看有没有失主在找表。他害怕手表丢了,就先收了起来。上课铃已经打响,操场上几乎没有什么人,就在金瓜准备离开时,朱迪刚好经过,他清清楚楚地看到黄金瓜手里拿了一块手表,他也清清楚楚地看到黄金瓜把手表装进自己的口袋后离开了。

下课时间,闫小格回到自己的座位上,桌里桌外、包里包外翻找自己的手表,却没找到。

闫小格边找边自言自语道:"我的表呢?我的表呢?这可是我爸爸刚从瑞士给我带回来的。"

乔麦关心地说:"别着急,好好想想是不是丢在哪了?"

闫小格着急地说:"不会呀,我没有去别的地方,上体育课的时候还在呢。我能找的地方都找了。"

朱迪昂首挺胸,大声问:"你的手表是不是粉色的?"

闫小格有些惊喜:"是的。"

朱迪神秘地说:"我知道是谁偷的。"

朱迪直接走到暂时不在教室的黄金瓜的桌边,翻黄金瓜外套的口袋,找到了那块粉色的进口手表,他举起手表叫道:"瞧!是不是这块表?"

闫小格惊讶地说:"是的,怎么会——"

报仇的机会终于到了,朱迪决定要抓住这个机会好好地惩罚一下黄金瓜。他快步站到讲台上,对着同学们大声宣布道:"黄金瓜就是个小偷,上节课在操场上,我亲眼看到他鬼鬼祟祟地将这块表装进自己的口袋。"

闫小格有点不敢相信:"黄金瓜同学看上去挺老实的,他怎么会做这样的事?"

乔麦忙帮着解释:"金瓜那么老实,他不会做这样的事的。"

朱迪不服气:"什么不会的?残酷的事实摆在眼前,铁证如山,往往老实的背后都藏着一副丑陋的嘴脸。"

闫小格说:"这事要不要告诉宋老师?"

朱迪这时候可带劲了:"当然要,要让宋老师好好教训教训他。我还要把这件事告诉校长,让校长全校点名批评他。"

闫小格思考了一下:"算了,算了,只要他承认错误就行。"

乔麦也帮着金瓜说话:"是呀,我们暂时不要告诉宋老师,要搞清楚真相。如果真是金瓜偷的,我们要给别人改正的机会。"

朱迪得意地说道:"不管怎样,一定要让他道歉。对,我再来找找有没有别的罪证,看他有没有偷其他人的东西。"朱迪走到黄金瓜的座位直接翻看起他的书包。

朱迪在黄金瓜的书包里没有翻出其他东西,倒是找到一张照片,他拿出来好奇地看着,并举着照片给同学们看,引来一帮同学围观。正在大家议论纷纷之时,黄金瓜走进了教室。

黄金瓜看到朱迪拿着他和母亲的合影,忙跑过去:"朱迪,你干啥拿我的东西?还我。"

朱迪调皮地把照片举过头顶:"不还,不还。这是谁呀?难道是小偷的妈妈?"

黄金瓜不解地问:"什么小偷?"

朱迪表情中带着愤恨、嘲笑、指责:"还什么小偷? 我问你,格格的手表丢了,是不是你偷的? 是不是你偷的?"

黄金瓜有些恼怒:"瞎说什么? 我向来行得端坐得正。"

朱迪看着黄金瓜不屑一顾的表情,更加气愤:"你就装吧,使劲地装。赃物都从你外套口袋里找到了,还装。只要你向闫小格承认错误,照片就还你。"

黄金瓜瞥了朱迪一眼,气愤地说道:"我没偷东西,干吗要承认错误?"

乔麦走上前小声地对黄金瓜说:"黄金瓜,朱迪确实是从你的口袋里翻出来的手表……格格说你给她道个歉,这事就算了。"

朱迪跑到闫小格那里拿出那块表举给黄金瓜看:"看,就是这块表,赃物都被我发现了,你还不承认?"

这时,同学们陆续从外面进入教室。在同学们眼里黄金瓜是一个很本分的孩子,没想到会偷东西,这可颠覆了大家原先的认知,纷纷小声地数落黄金瓜不该偷别人的东西。

黄金瓜明显感觉到了同学们对他的质疑,看着眼前这个再次挑衅、冤枉自己的家伙,他眼神冷峻,一步步朝着朱迪走过去,颇有孩子王的压迫力:"第一,这块手表是我捡的,不是偷的。第二,我是好心,担心这块手表丢失,想拿回来交给老师。捡手表的位置就在操场回教学楼的东边草坪上,校园主干道上都有监控,我敢去查,你敢吗? 第三,你冤枉我、故意欺负我不是第一次了,现在该道歉的人是你。"

朱迪听了黄金瓜有理有据的解释,对于金瓜偷手表这件事情心里也有点打鼓了。可是刚刚毕竟是他信誓旦旦地这么说的,这时候改口实在太丢人了,于是只能梗着脖子质疑:"捡的?世界上怎么可能有这么巧的事情?你再捡一块给我看看?小偷,偷东西还不承认。你再狡辩,这照片我也不还你了!"

"我都说了我没偷!你先把照片还我!"黄金瓜急着去抢夺照片,而此时朱迪却发挥了难得的灵活,左扭右扭,高举着照片就是不还给黄金瓜。黄金瓜看着被朱迪攥着的有些皱的照片,心底积压的火气噌地蹿上来,一拳打在朱迪脸上。

"呜呜呜,好疼……"被一拳打蒙了的朱迪感觉到颧骨的疼痛,瞬间捂着哭了出来,也顾不上护着照片了。黄金瓜从地上把照片捡起来,捧着回到座位上,他看着被揉得皱巴巴的照片,心里难过极了,眼泪在眼圈里打转,把照片压在书本里想要稍微修复一点。

一位同学跑去告小状,把宋老师喊到了教室。

宋老师连忙赶到教室,扫视了一下教室,问:"怎么啦?"

朱迪看到宋老师,仿佛看到了救星,捂着脸哭哭啼啼跑到宋老师身边:"宋老师,黄金瓜偷闫小格的手表,是我亲眼看到的!他被我戳破了偷手表的事,恼羞成怒,还打我,呜呜,好疼。"

叮当也跟着帮腔:"是的,我们都看到了,确实是在黄金瓜的上衣口袋里找到了闫小格丢失的手表的事,而且黄金瓜还把朱迪打了,打得可狠了。"

宋老师听了同学们的话,有些担心,也有些生气,她可不希望或者说不允许黄金瓜犯这样的错误,然而此时此刻朱迪那红红的脸蛋却也是明明白白的不能回避的事实。"金瓜,这是怎么回事?你怎么把同学打了呢?"

在黄金瓜的心中,宋老师一直是他最信任的人,他一直觉得宋老师是了解他的品行的,也是为了不给宋老师添麻烦他才在朱迪欺负自己的时候一再隐忍,没想到宋老师今天也这样质疑他。黄金瓜本来以为此时此刻只有宋老师可以帮他解围,却没想到宋老和朱迪站在了一条战线,再看看手中被揉皱的照片,黄金瓜实在是接受不了妈妈的照片被揉皱的委屈,此时此刻,到城里之后的所有不适应、积累在内心的所有委屈,连同从前一直隐忍的所有情绪都爆发了出来,他控制不住流下眼泪:"我没偷!说了没偷就是没偷!"

天气好像也为黄金瓜感到委屈,这时哗哗哗地下起了雨。

黄金瓜疯了一般地向教室外冲去,翻过低矮的遥控门,一头扎进茫茫的风雨中。他要逃离,逃离这个是非之地,逃离这个让自己难以喘息的地方,他好想一口气跑到家乡,跑到奶奶的身边,回到那个无忧无虑的"快乐星球"。

黄金瓜突然的举动让大家都惊呆了。宋老师惊讶片刻之后,听到边上几个同学复述了一遍事情的经过,包括黄金瓜如何有理有据地回击了朱迪的质疑以及朱迪是如何揉皱了金瓜的照片才逼得金瓜出手后,就大概猜到了事情的真相。

宋老师再一口气跑到学校门口时,已经看不到黄金瓜的身影了。乔麦紧跟着宋老师跑了出来。宋老师焦急地四处张望,可是没有搜寻到黄金瓜的身影。宋老师此时懊恼不已,她在没有弄清事实的情况下,因为爱护黄金瓜,不想黄金瓜在品行上犯错,爱之深,恨之切,说出了那样的话。她知道自己说的话其实更多的是想问黄金瓜怎么打伤了朱迪,而不是真的不相信黄金瓜。可是自己一时心急,还是导致孩子心灵受伤,金瓜肯定以为自己也不相信他,不知道该有多难过呢。她心里清楚:通过这段时间的相处,黄金瓜已经从内心逐渐信任了自己,并且在这个陌生的环境中,她是他唯一值得依赖的人。可是现在她的举动伤害了这个孩子,他一定失望到了极点,伤心到了极点。

乔麦走上前说道:"宋老师,我经常看到黄金瓜躲在学校后面的操场上发愣,我们可以到那里去找找。"

乔麦带着有些慌乱的宋老师到黄金瓜经常去的地方找了个遍,却没找到。

宋老师既焦急又难过:"麦子,你先回去吧,老师到学校的监控室看看他是往哪个方向跑的。"

此时,雨越来越大了,宋老师心急如焚地顺着黄金瓜跑的方向一路找着。她走得急,也没顾得上拿把伞,此时已经被雨水淋得湿透了。雨水模糊了她的双眼,她的内心就像这暴风雨一般急切和复杂,她最担心、害怕黄金瓜出现什么意外。她忙给黄金瓜的爸爸打电话,又请几个家长分头找黄金瓜。

几个家长和黄天顺分别在网吧、街头、商场,焦急地寻找黄金瓜,整整一个下午没有一点头绪。天渐渐黑下来,外面还下着雨,宋老师难过至极,又给黄金瓜的爸爸打了个电话。

宋老师非常内疚、非常抱歉地说道:"不好意思,都怪我太大意、太武断,没有了解情况就质问他,伤害了孩子的情感。"

黄天顺稍稍迟疑了一下没有回答,他知道不能怪她,但内心还是有点难过,不知孩子在这个陌生的城市会遇到什么状况,但愿一切平安。

宋老师问道:"你在听吗?"

黄天顺安慰她:"不能怪你,这孩子也是太冲动了,让这么多人跟着担心。现在怪谁也无济于事,但愿他不会出事。"

宋老师尽管此时也非常焦急,但是她尽量保持冷静,冷静地跟黄天顺分析情况：

"你觉得孩子有可能去哪？"

"我也不太清楚。"

"他平时有没有喜欢去的地方？"

"这，我倒是没在意……"

"平常孩子有没有跟你有意无意中表露过什么？"

"就是有时候他说想奶奶，我就让他给奶奶打个电话。"

"那他有没有可能去汽车站？"

"嗯，有可能。"

"那我们现在到汽车站去找找。"

"好的。"

雨越下越大，整个城市笼罩在风雨中，昏暗的城市让人感到窒息。经过的汽车溅起高高的水花，直接溅到宋老师身上，她已经毫不顾忌了，此时她的心都是揪着的，像个无助的孩子一样在街头无助地"流浪"。

此刻，宋老师的电话又响了起来，刚一接通，就传来朱迪奶奶那愤怒的刺耳的声音："宋老师，你们班那个什么黄金瓜到底是怎么回事啊？上次推我大孙子我们已经算了，这次倒好，直接把我孙子给打了！你看那脸都肿成什么样子了？乡下来的小孩就是没家教！"

再一次听到黄金瓜被朱迪奶奶这么攻击，宋老师竭力压制自己内心的不舒服，耐心地解释道："朱迪奶奶，这件事您有没有向朱迪问清楚呢？黄金瓜打人确实是不对，但朱迪同学先误会、冤枉了黄金瓜同学，而且还揉皱了金瓜已故母亲留给他的照片，这是这个孩子最珍视的东西。"

"人都没了,照片算啥子啊？一张冷冰冰的照片难道比我这个活生生的孙子还重要？这次打人事件我决饶不了他,我要报警。你也必须给我们一个公正的交代。"朱迪奶奶有些不以为意。

宋老师实在忍不了对方胡搅蛮缠的态度了:"朱迪奶奶,逝者已逝,生者犹生,不奢求您能理解一个孩子对已故母亲的感情,但至少请您尊重他吧。朱迪揉皱照片的行为刺激到了金瓜同学,他冒雨跑出学校,现在还没找到呢。万一这个小孩出了什么事情,您能负责吗？您如果想报警,我也不反对。"

朱迪奶奶听了这话,一时竟然也想不出什么理由反驳,静了下来。

宋老师接着说:"这件事情要处理,我也会处理,不会偏袒谁的,但不是现在,现在找到黄金瓜同学才是第一要务。朱迪奶奶,电话我就先挂了,这件事在找到黄金瓜之后,我一定会处理的。"

宋老师说完之后挂了电话。但愿黄金瓜一切平安,如果孩子有什么三长两短,她会愧疚一辈子,会背负一生的自责。

宋老师赶到汽车站时,已经是傍晚时分,站里已经没有什么旅客了。下雨天的汽车站没有平时人来人往的嘈杂,候车厅里只有少许几个候车的旅客,以及几个工作人员。

宋老师急匆匆地走进候车大厅,先扫视了一圈,可是并没有见到黄金瓜的身影。

宋老师急忙跑过去询问工作人员:"同志,请问您见过一个小男孩吗？大概一米六的样子。"

工作人员回答道:"我没在意呢,你到那边隐蔽一点的地方去找找看。"

宋老师又地毯式地搜索一遍,在候车厅的隐蔽处看到了那熟悉的身影,她急忙快步走过去。

黄金瓜已经靠在椅子上睡着了,头发、衣服都是湿的。看到眼前的情景,宋老师竭力控制着自己的泪水,她既兴奋又难过,很想把黄金瓜揽入怀中,但是她清楚孩子此时对她是抵触的。她蹲下身子,轻轻抚摸着黄金瓜的额头。

黄金瓜正在做着香甜的梦,梦见妈妈正拉着他的手逛公园,一转眼妈妈不见了。

黄金瓜焦急地喊出声:"妈妈——妈妈——"

宋老师在一旁慈爱地接口道:"金瓜,金瓜。"

黄金瓜从睡梦中惊醒。

宋老师问道:"金瓜,做梦了?"

黄金瓜看了老师一眼,没吱声。可是他看着宋老师全身湿透的样子,又想到那天冒雨背他去卫生所的情景,黄金瓜有些鼻酸。

宋老师轻声细语地说:"金瓜,是老师不对,老师不应该没有调查清楚就责备你,是我错了,你能原谅老师吗?"

黄金瓜委屈地说:"宋老师,我真的没偷别人的东西。"

宋老师歉意地说道:"金瓜,我知道。其实一开始我问你那一句并不是不相信你,而是更想问朱迪脸上的伤是怎么回事。我知道你正直,肯定不会做偷东西这种事情的。我已经给张校长打电话调看了学校的监控,证明手表是你捡的,这个证据也已经拷贝下来了,明天到班上就还你清白。"

黄金瓜听完这话松了一口气,他之前虽然猜测校园主干道上会有监控,但是心里还是没有底,这下倒是要感谢宋老师的细心,在找他的同时还不忘找校长调监控还他清白。听完宋老师的解释,金瓜的委屈也释怀了几分,原来宋老师并不是怀疑自己,只是想问打架的事情，这下倒是自己冲动了。可是想起和妈妈的那张合影被揉得皱巴巴的，他又由衷地难过。

"朱迪把我和妈妈的合影弄皱了，我、我真的很难过。"黄金瓜一提到照片就情不自禁流下了眼泪。

宋老师连忙安慰道："孩子，还记得吗？老师已经把你和妈妈的合影拍下来了。"

"对哦，您还答应我把它画下来的。"

"那张照片会永远珍藏在我的手机里。等你学会了画画，自己画更有意义，好吗？"

黄金瓜点点头："嗯。"

黄金瓜暗下决心，一定要把画画学好，这样就可以把照片画下来永久保存了。

宋老师站起身："走，我送你回家。"

宋老师向黄金瓜伸出了手，黄金瓜愣了愣没有做出反应，宋老师就一直向黄金瓜伸着友谊之手。黄金瓜缓缓站起身，牵起宋老师的手。牵手的一刹那，彼此的心又靠近了一点。

急匆匆赶到车站的黄天顺看到宋老师正牵着儿子的手往外走，他伫立在原地，感觉到格外温暖。这是一位善良、美丽又有爱的好老师，儿子遇到她是他的幸福，一个班的孩子遇到了她，也是他们的幸福。泪水模糊了黄天顺的双眼，他的心里充满感激，想走过去说一些感激的话，但什么也说不出来，也许此时此刻无声胜有声。

宋老师和黄金瓜站在公交站牌下躲雨，等待着黄天顺把车子开过来。黄金瓜看着宋老师湿透了的不断滴着水的头发，心有愧疚地说："宋老师，回去赶快换一身衣服，洗个热水澡，我可不希望你为我再生病了。"

宋老师点点头:"好,老师记住了,谢谢金瓜。"

黄金瓜低着头,犹豫了片刻,还是开了口:"宋老师,今天的事情我也应该向你道歉,是我误以为你不相信我,太冲动了,才让这么多人为我担心……打朱迪的事情是我不对,我会向他道歉的。"

"好!"宋老师牵起黄金瓜的手,"这件事情老师一定会好好处理的,不会让任何人受委屈。"

11. 让爱永驻

今天是周一,下午的第二节是班会课,宋老师要通过班会课凝聚孩子们的心,培养孩子们的集体荣誉感和爱班如家的意识,让孩子们在班级活动中感受满满的爱。良好的班风是靠创设环境、举办各种主题活动来建设的,是在潜移默化中形成的。作为一名有爱心、有责任心的班主任,教育好每个孩子,带好一个集体是她的责任和义务。看到孩子们一天天健康快乐地成长,她会收获满满的幸福。

上课了,宋老师清清嗓子,正式宣布:"今天班会的主题是'让爱住你家'。"

宋老师在多媒体上出示了班会主题。

宋老师接着说:"下面请大家看一段视频。"

宋老师打开了视频,能很清楚地看到黄金瓜在操场上捡到一块手表,他朝四周围张望了一下,然后离开了。同学们看完视频后,冤枉黄金瓜偷表的同学都很惭愧。有的同学不好意思地低下头,有的愧疚地看了一眼黄金瓜,用目光向黄金瓜同学表示歉意。

宋老师看到了同学们的表情,她要抓住时机好好地跟孩子们交流一下这件事情:"同学们,看完视频后有什么想说的?"

乔麦第一个站起身:"黄金瓜同学,对不起,我向你道歉!"

紧接着闫小格也站了起来:"金瓜,不好意思,是我们冤枉你了,对不起!"

"金瓜同学，对不起！"

"不好意思，请你谅解！"

……

同学们一声声的致歉，温暖了黄金瓜的心，他接收到了同学们的诚意，笑了笑说："没什么。谢谢宋老师证明了我的清白，谢谢！"

宋老师的目光锁住了朱迪："朱迪，你有什么想说的吗？"

朱迪有点难堪，又有点不情愿地向黄金瓜道歉："对不起喽。"

黄金瓜也诚恳地说道："我也有不对，不应该打你的，我向你道歉。你受伤看病的钱回头我从我的零花钱里赔给你。"

朱迪听到黄金瓜这么真诚的道歉，再想起刚刚自己敷衍的道歉，心里总觉得堵堵的，有些脸热，挥挥小胖手，不说话了。

看着孩子们相互之间从误会到达成谅解，宋老师很欣慰："好了，同学们，我们同在一个班级，就像一个大家庭。在这个大家庭里，同学之间应该互相理解，互相包容，互相帮助，互相友爱。让爱住你家，让爱住我家，我们的生命才会更有意义，在学习生活中才会感到越来越幸福。"

宋老师的话音一落，全班响起了热烈的掌声和《让爱住我家》的音乐声。

宋老师再次开口："金瓜，老师把你和妈妈的照片存在这个平板电脑里，这样就能永远保存，再也不用担心丢失、撕毁了。这个平板电脑就送给你了。"

宋老师把平板电脑递给金瓜。看着眼前的平板电脑，黄金瓜不知说什么好，连忙拒绝："谢谢老师，谢谢！这个平板电脑太贵重，我不能收。"

宋老师解释道："这平板是你爸爸买的，相片是我帮你存的。

老师希望你能尽快融入我们这个班集体、这个大家庭,好好努力,争取更大的进步。"

黄金瓜把平板电脑放在胸前,使劲地点点头。

宋老师向同学们说道:"孩子们,我们是一个集体,是一个家,让爱住进我们的家,住进我们每一个人的心里。"

《让爱住我家》的背景音乐再次响起。在背景音乐中,同学们感受到了集体的温馨。

下课之后,宋老师又把朱迪叫到办公室,她能看出朱迪刚刚在班上给黄金瓜道歉还是不太情愿的,实际上可能并没有想清楚自己错在哪里,只是迫于无奈,所以还是要和他谈谈心,否则这次的不服气会埋下隐患,在将来会再次化为对金瓜的不满的。至于为什么不在班上直接和朱迪说呢,那是宋老师心里很清楚,朱迪也是个要面子的孩子,为了不让朱迪难堪,也能坦诚地表达自己的真实想法,才决定把朱迪单独叫到办公室聊聊。

此时办公室只有宋老师和朱迪两人,朱迪耷拉着脑袋,走到宋老师身边:"宋老师,你是不是要和我说黄金瓜的事情?那件事我已经知道错了。"

宋老师笑着问道:"哦?那你说说看。"

"不就是不应该冤枉黄金瓜吗?但那时候我不知道他说的是不是真的啊,我是亲眼看到他把手表放到自己口袋里而且还鬼鬼祟祟的。再说了,他还打我!就为了他妈妈那张照片,值得这样吗?"朱迪说着说着自己倒是有些委屈了。

宋老师叹了口气:"朱迪,你也应该能感受到金瓜每次对所有和他妈妈有关的事情都格外在乎,对不对?那是因为他的妈妈永远离开了他,他再也见不到自己的妈妈了。"

朱迪有些疑惑："我不明白,我、我有点理解不了他到底为什么这么激动。"

宋老师循循善诱："老师问你,在家里你最在乎的人是谁呀?"

朱迪想了想:"我爸爸妈妈。哦不,是我奶奶,奶奶最疼我了。"

"那你想象一下,如果有整整一个月都见不到你奶奶呢?"

"啊,那怎么行!"朱迪连连摆手,"那就没有人偷偷往我书包里塞好吃的了,也没有人无条件站出来保护我了。"

"对呀,己所不欲,勿施于人。如果你永远见不到自己最挚爱的人,你是不是很难受?对于金瓜而言,他的妈妈是他最挚爱的人。可是他不止一个月,而是一个月又一个月,在将来的每一个月都再也见不到自己的妈妈了。"

"唉——"朱迪感慨了一声低下了头,他有些被这沉重的话题自带的伤感氛围感染到,可是又不知道该说什么。宋老师也安静下来,给朱迪留下思考的时间。

过了一会儿,朱迪又开口:"宋老师,我想我大概明白了。这件事是我不对,我应该真诚地向黄金瓜道歉……您放心,我虽然还是不太认同他,但是之后我肯定不会再拿他妈妈的事情和他开玩笑了,以后、以后我绝不再提他伤心的事了。"

"嗯,"宋老师欣慰地笑了,摸了摸朱迪的小脑瓜,"我们朱迪同学还是很通情达理的。"

"那是!我就是要战斗也要光明正大,从来不故意戳人伤疤!"朱迪颇为得意地一叉腰。

宋老师明白,这下黄金瓜和朱迪之间最大的芥蒂算是解决得差不多了,至少他俩不会因为金瓜妈妈的事情再起争执,再往后的,还要慢慢来。

12. 外出写生

宋老师利用业余时间在自己的画室里免费教十个学生学画画,他们都是特别喜欢美术的。只要孩子们喜爱,对绘画充满兴趣,宋老师愿意接纳每个孩子到她的画室学习绘画。

宋老师是一位有思想、有方法的老师,她不仅注重培养孩子们良好的品德和人生价值观,而且更注重体验式教育。她认为孩子们只有通过切身体验才能感同身受,才能更好地领悟。

宋老师选择了一个环境优美的山村,想要带着孩子们到那里去写生。她坚信,孩子们只有走进大自然、拥抱大自然,才会有更好的创作灵感。

宋老师微笑着说:"同学们,下周末我想带你们去外地写生。"

同学们齐呼:"耶,太好了,又可以外出写生了。"

宋老师问:"昨天让你们带回家的《致家长的一封信》,爸爸妈妈都看过了没有?"

同学们回答:"看过了。"

宋老师说:"那父母同意外出写生的同学请举手。"

十个孩子中有六个孩子举起了手。

"把手放下。现在把你们家长签字同意的回执单给我。只有你们家长签字认可,我才能放心地带你们出去写生。"

六名学生纷纷把回执单递给了宋老师,宋老师确认每个家长都在回执单上签上了"同意"。

朱迪举手问老师:"宋老师,上次你带我们去西湖写生,你这次准备带我们去哪?"

宋老师有点神秘地说道:"这次呀,我准备带大家去金瓜的老家——大别山。"

黄金瓜对老师的举动有点吃惊。

张婷婷兴奋地喊道:"真的呀? 太好了! 在大别山是不是就能看到连绵的山峰? 还能看到山羊、水牛这些平时见不到的动物呀?"

宋老师笑了笑:"大别山绝对是个让人着迷和向往的地方,那里会让你的身心完全放松下来。"

朱迪有些不太情愿,这可是他死对头的老家。虽然他挺喜欢去山里玩的,可是偏偏这次去的是黄金瓜的家乡。

朱迪看看宋老师,慢慢吞吞地说:"宋老师,能……能换个地方吗?"

宋老师笑了笑,指着墙上的油画:"同学们,金瓜老家的风景可美了。瞧! 这些油画是我暑假在那里画的。画上的风景美吗?"

同学们纷纷赞叹道:"太美了! 真的太好看啦!"

宋老师走到朱迪身边,摸了摸他的头,用商量的口吻小声地跟他交流:"朱迪,到金瓜老家写生你是不是觉得有点别扭? 从心里没法接受?"

朱迪看了一眼宋老师,没有表态。

宋老师清楚朱迪还在为之前和黄金瓜之间的不愉快的经历有所芥蒂,但孩子毕竟是孩子,作为老师要把孩子们往团结友爱上引,要让孩子们在一个集体中互相友爱,共同成长。当然教育是讲究方法的,如果生硬地讲道理让两个孩子和好,那也只是暂时解决了问题,没有让孩子们心甘情愿地和好。教育是润物细无声的,这次实践活动也许就是一次良好的教育契机,在活动中朱迪和黄金瓜有可能会捐弃前嫌成为好朋友。

看到朱迪没有表态,宋老师总要找个台阶给他下,她温柔地一笑,问:"朱迪同学,你知道老师最喜欢你什么吗?"

朱迪一听老师喜欢他,忙问道:"什么?"

"大度,你是个大度的男孩。你也是个勇敢的、乐于助人的孩子。你看这次好几个女生去写生,你也去,既可以为大家出出力,又可以领略大自然的好风光,何乐而不为?"

朱迪听宋老师这样表扬自己,露出了得意的笑容:"那必须的,作为男子汉,帮助女生我义不容辞!好吧,那我也去。"

宋老师再次摸了摸朱迪的头,满意地笑了。

宋老师走到黄金瓜身边:"金瓜同学,这次你就可以当我们的向导了。"

金瓜有点害羞但是非常爽快地答道:"好的,没问题!"

同学们开心地鼓掌。

第二天,家长们提着大包小包送孩子们上车,千叮咛万嘱咐。特别是朱迪奶奶,她可不愿意孙子外出受苦,但是她拗不过,大孙子想做的事就是天大的事,大孙子想得到的东西,她一定会想尽一切办法满足。因此这次出行,她刚想拒绝,但是一看到大孙子要掉眼泪了,还是赶忙把《致家长的一封信》接过来签了字。

朱迪奶奶不放心地一直唠叨:"蛋蛋,奶奶为你准备了好多好吃的,饿了就吃,想奶奶就给奶奶打电话。"

朱迪已经听得有些不耐烦了:"知道了,奶奶,你都说了多少遍了,啰不啰唆?我都听烦了。"

朱迪爸爸劝慰老太太:"妈,孩子大了,你就放心地让他出去锻炼锻炼。"

乔麦爸爸致谢道:"宋老师,孩子交给你了,你辛苦了!"

宋老师说:"不辛苦!"

闫小格爷爷抚摸着闫小格的头,笑笑道:"格格,在外要注意安全。"

车子启动了,同学们纷纷兴奋地透过窗户跟家长们道别。

今天天气晴朗,阳光透过枝叶的缝隙照射在峡谷中,山涧中的溪流清澈见底,碧绿的溪水像翡翠一样透彻,潺潺地流着。水声、风声、鸟鸣声合奏着一曲动听的小调。

孩子们看到眼前的青山绿水,已经控制不住愉快的心情,向山涧冲去。

"哇,太美了!"

"美丽的大自然,我要好好地拥抱你、亲吻你!"

"美丽的大别山,我们来啦!"

孩子们在大峡谷中自由地玩耍着,有的孩子玩起了溪水,有的闭上眼倾听大自然的声音,有的情不自禁拿起画笔。

孩子们兴奋了好一会儿之后,宋老师布置大家写生:"孩子们,我们不能忘了此次来大别山的目的。我们现在开始画画,等画好了再预留时间给你们充分地玩。"

同学们齐声说:"耶!"

宋老师穿梭在孩子们之间,适时地做着指导。

宋老师走到金瓜面前,非常开心地欣赏着金瓜的风景画。

"金瓜,你进步很大呀!瞧这构图,还有这色彩,太美了!"

大伙听宋老师这么夸金瓜,都跑过来欣赏并纷纷夸赞。欧阳帅手托着下巴,欣赏了一番又开始摇头晃脑起来:"嗯,古人云,三日不见,当刮目相看。"

在欧阳帅说话的同时,朱迪学着欧阳帅的样子,同声发出:"古人云——"接着说道,"又来了。哎,你们看我画得也不错呀!"

大伙异口同声:"喊——"

宋老师鼓励孩子们道:"同学们画得都很美,都很棒! 但你们都有基础,而金瓜同学学画画的时间很短,所以他的进步最大,我们应该为他的进步感到高兴。"

同学们都为黄金瓜的进步鼓掌。

黄金瓜有些不好意思地低下头。

宋老师跟大家说道:"好了,时间差不多了,我们开始午餐吧。吃完午餐之后,下午带大家爬山,明天上午返程。"

朱迪高兴地叫道:"哦耶,爬山我最喜欢,就是时间太短,都还没玩够呢。"

欧阳帅扶了扶近视眼镜,准备开口说话,大伙都学着他的模样:"古人云——"说完大家都笑了起来。

欧阳帅甩了甩头,扶了扶眼镜:"不跟你们一般见识。"

同学们齐动手,找了个平坦、干净的地面把用餐的地垫铺好,都把带的好吃的摆了出来。朱迪抱出了一大堆的零食:薯片、巧克力、牛奶、火腿,还有烧鸡和椰子汁。乔麦、欧阳帅也带了一大堆好吃的。不一会儿,地垫上摆满了食物,像个小型的售卖市场。

朱迪拿起烧鸡,撕掉一只大鸡腿送给宋老师:"宋老师,鸡腿给你。"

宋老师笑着说:"谢谢! 你吃吧。"

朱迪又拿着鸡腿跑去给乔麦："麦子,给你鸡腿。"

乔麦说："谢谢,我减肥呢。"

"那我吃了。"说完,朱迪有滋有味地啃起了大鸡腿。

闫小格把她带的食物分门别类地摆放在地垫,温柔地说:"我带了面包和巧克力,还有饮料,大家一起来分享。瞧!我还带了'天使之吻'呢。"

朱迪忙跑过去拿过天使之吻看了看,好奇极了:"什么?天使之吻?好高级的名字呀!是什么东西呀?我能吻一下吗?"

欧阳帅掩着嘴笑着说:"傻瓜,真是没见识,一听不就是饮料吗?"

闫小格、乔麦都笑了。朱迪竖起大拇指:"格格就是格格,高大上。"

闫小格说道:"这是鸡尾酒,只适合女士喝。我是带来给我们敬爱的宋老师喝的。"

张婷婷只带了八宝粥及卷饼。

尽管张婷婷只带了两样食品,但是面子上可不能输给其他同学,她略带一丝骄傲的表情说道:"我妈妈说了,零食对身体不好,特意让我们家保姆做了八宝粥还有卷饼,这样最健康最环保。"

张婷婷说完拿着两杯八宝粥,一杯给宋老师:"宋老师,我家保姆做的八宝粥太好吃了,香甜可口。你尝尝。"

宋老师看着孩子们都带了这么多美食,正好是教育孩子们学会分享的最好时机:"谢谢孩子们。我们把所带的美食都放一起,大家一起分享,如何?"

同学们都表示:"对,一起分享!"

宋老师又补充道:"吃完后的垃圾别忘了放在垃圾袋里带走。"

欧阳帅附和道:"好的,我们一直铭记老师的教诲——保护环境,人人有责。"

闫小格、乔麦说:"放心吧,宋老师。"

大伙开心地分享起美食。黄金瓜只带了面包和牛奶,他躲在一边吃着自己所带的不起眼的食物。

闫小格和乔麦连忙跑到黄金瓜身边,一边一个把黄金瓜架到美食旁边。大家都开心地笑了。

山里的天气像孩子的脸,刚刚晴空万里,突然就变阴了,好像很快就要下雨了。

宋老师对大家说:"孩子们,变天了,看来很快就要下雨了,我们赶快收拾收拾回酒店。"

不一会儿下起了毛毛雨,孩子们很快收拾好了,大峡谷里没留一点垃圾。"保护环境,人人有责"在宋老师这个班级已经形成为自觉的行为,这与宋老师长期抓孩子们的德育教育是分不开的。

13.返程遇险

在第二天返程的途中,雨却越下越大。小伙伴们坐在车上,有的玩平板电脑,有的玩手机,装备一个比一个先进。

中巴车行驶在陡峭的山路上,窗外就是深深的山坳,雨水密密地洒落着。山路很陡,看着接连不断的雨丝,宋老师心里产生了淡淡的不安。孩子们却一路欢笑,一路兴奋。麦子身体有些弱,晕车吐了好几次。雨越下越大,越下越密,乌云密布肆意翻滚,灰沉沉的天空哭丧着脸,时不时发出阵阵闷雷向人们示威,狂风呼啸。雨刮器在不停地撞击着挡风玻璃的暴雨面前显得那么无力而徒劳,雨水像窗帘般挂在玻璃上。宋老师望着车外越来越紧的暴雨,有些担忧,她的心里不停地嘀咕着:雨下得这么急,怎么办?老天爷,你能不能歇一歇喘口气?老天爷,你能不能等我们安全回到家?

朱迪拿着手机跟欧阳帅炫耀:"瞧!我刚下载的游戏,要不要一起吃鸡?"

欧阳帅疑惑地问道:"什么吃鸡?车里不可以吃零食。"

朱迪听到欧阳帅的疑问,觉得他太落伍,太不可思议了:"啧啧啧,落伍了吧?吃鸡都不知道是什么?这是最新的射击手游,大吉大利,今晚吃鸡,你这个书呆子。"

欧阳帅不服气:"我呆,我骄傲,像你没文化,只知道玩。"

朱迪一听欧阳帅说自己没文化,很生气:"你有文化,你有文化,我们来比赛玩游戏,看谁能比过谁?"

欧阳帅不屑地说:"你有本事跟我比比成绩,学期末还是以成绩说话,谁的成绩好谁就有发言权。"

朱迪反驳道:"你难道没听说过三百六十行,行行出状元吗?"

看着两个人争得不分上下,闫小格开始劝架了:"停停停,宋老师常常教育我们社会需要不同的人才,你们都有自己的优点,不要再拿自己的长处比别人的短处。"

乔麦帮腔:"就是,瞧瞧你们两个,都是男子汉,却这么爱斤斤计较。"

欧阳帅、朱迪被两位女生这么一"批评",马上安静下来,都不好意思再说话了。

黄金瓜坐在角落里,没有玩游戏,也没有说话,他也凝视着窗外,观察着窗外的暴雨,表情凝重,似乎与宋老师有同样的担忧。他生长在大山里,太了解大山的脾气了——一般暴雨后会有泥石流发生。

宋老师望望窗外大雨还是没有消停的意思,明显地感觉到山路越来越湿滑。她心里的不安越来越强烈,叮嘱师傅道:"师傅,雨越来越大了,开慢点。"

师傅为了不让她担心,便安慰道:"放心吧,我开了几十年的山路,绝对没问题。"

宋老师说:"我知道你是个老师傅,可是下雨天,我们还是开慢点,安全为主。"

师傅自信地回答道:"好,请放心,我一定把大家安全送到目的地。"

汽车在暴雨中艰难前行,司机已经将速度掌控得很到位了。司机师傅远远地看到前方一块大石头挡住了去路,他放慢车速,在障碍物的不远处停下车。待车子停稳后,司机师傅下车去排除障碍,他使出全身力气把挡在车子前面的大石块慢慢往路边挪动。宋老师看到司机师傅一个人挪动石块太吃力,就连忙起身下车帮忙。

黄金瓜也准备下车,宋老师大声喝止:"金瓜,你留在车上安抚好大家情绪,不许下车。"

此时孩子们变得特别安静,他们透过窗户紧张地望着宋老师和司机师傅吃力地挪动着石块,好不容易才将石块挪到了路边。司机师傅和宋老师此时已经成了落汤鸡,他们顾不上湿透了的自己,急忙上车准备出发。

车子在暴雨中缓慢前行,一车人突然听到有轰隆声从远处传来。就在这一刹那,高山似乎听到什么命令似的咆哮起来,山石滚滚而下,排山倒海般压下来。中巴车随着山石的滑落,向山坳滑去。灾难来得太突然,孩子们在失去了控制的车里惊恐地哭喊着,求救着。随着车子的下滑,孩子们在车子里颠簸着,宋老师不停地大声呼喊道:"同学们,用双臂护住脑袋!用双臂护住脑袋!"宋老师平时给孩子们上过地震等自然灾害自救的主题班会,所以孩子们此时都本能地弯曲着身子,用双臂紧紧地护住脑袋。

车子滑到山底时停住了,山石不断向车子冲击过来,半掩盖了车体,司机头撞在了方向盘上,晕了过去。

孩子们惊恐地哭喊着,只有黄金瓜异常冷静。宋老师的腿被砸中,她感觉到了锥心的疼痛,她用微弱的声音鼓励孩子们:"孩子们,别哭,老师一定想办法救你们出去。"

宋老师忍着剧烈的疼痛,向有亮光的地方爬去,找到了被掩埋着的一个不大的窗口。她砸开已经碎裂的玻璃窗,拼命用手扒开泥石,尽管手破了,她仍然在拼命地扒着,她必须拼命地扒着,她要竭尽全力地解救孩子们,哪怕牺牲自己的生命。宋老师的十个手指已经受伤,流着血,但她已经丝毫没有疼痛的感觉,终于扒开了一个只容一个人进出的通口。

宋老师命令道:"孩子们,勇敢点,别怕,一个一个从这里爬出去。快点,快点!"

求生的欲望已经让孩子们没有精力再哭喊,他们使出浑身力气努力从通道爬出去。当孩子们一个一个从半掩埋的车里爬出来时,已经筋疲力尽。金瓜的额头上多了个明显的血包;欧阳帅的胳膊上被划了一道口子,上衣被撕破了;朱迪的手背上、胳膊上有多处擦伤;特别是乔麦,她的腿受伤最严重,走起路来都挺吃力的。孩子们身上都是泥水,欧阳帅一直背着书包,逃生出来时,他还背着书包,这就是一个学霸该有的样子——无论什么样的情况下,都要把自己的书包、把自己的书给看好。六个孩子拖着疲惫的身子一屁股瘫坐在地上。

宋老师因为腿受伤的缘故,爬得非常缓慢,有点力不从心。就在她快从泥石堆里爬出来时,她的腿好像又被什么重物压住了,动弹不得。黄金瓜忙跑过去帮着宋老师扒开泥石,并且用力搜宋老师,想给她搭把手。可是就在黄金瓜的手拽住宋老师的手时,又一股泥石流气势汹汹地从山顶上咆哮着冲下来。

听到轰隆隆的泥石流滚动的声音,黄金瓜着急地大声喊道:"老师,快点,快点!"

宋老师急切地叫道:"金瓜,别管我了,快离开,快离开!"

黄金瓜倔强地说道:"我不能丢下你不管。"黄金瓜死死地拽住宋老师的手不肯放弃。

宋老师着急了，大声喊道："听话，走！我的腿受伤了，而且被死死卡住了，根本动弹不得，你带着同学们赶快逃生。这是我的命令，你必须带着同学们安全地逃离。"

黄金瓜不愿放弃："不，宋老师，我们一起走。"

宋老师声嘶力竭喊道："走，金瓜，走，金瓜，带着同学们快走！很快会发生第二次泥石流，再不走就来不及了。"

同学们惊恐地看着滚滚而下的泥石流不知所措，都被吓傻了。宋老师声嘶力竭地喊叫道："孩子们，你们赶快把黄金瓜带走，赶快逃生！再不跑真的来不及了，快，快跑，快跑呀！我实在走不了了，你们快逃。等你们安全了，再找人来救我们。"

欧阳帅慌乱中拉起黄金瓜，紧张地喊道："快跑，快跑！"

张婷婷从黄金瓜的身后奋力地推着他："跑，快跑！"

黄金瓜还是不愿放弃："不，我要救宋老师！"

欧阳帅、张婷婷、闫小格三个人一起把黄金瓜往森林深处拖拽，他们清楚，如果此时都在原地等待都将会有危险，大家不能坐以待毙，只有先逃离危险的地方保全生命，才能再想办法营救宋老师和司机师傅，或者等待救援队伍来营救。在大自然的灾难面前，几个孩子的力量是微弱的，是无法与大自然相抗衡的。

宋老师大声地喊着："孩子们快跑，快跑！"

六个孩子向树林中拼命地跑着，一定要把泥石流怪兽远远地甩在后面，他们已经顾及不了宋老师和司机师傅了，如果再不跑，他们可能会第二次被泥石流掩埋。他们只有跑，远离灾害是对生命的尊重。

六个小伙伴拼命地跑着，当大家把泥石流远远地甩在身后时，已经跑进了森林深处。大家相互看着，惊恐地望着四周，他们迷路了,在这个原始森林里,彷徨着不知去向。

六个孩子试探着朝不同的方向走,都无法找到出路,四周都是成片的灌木及高大的树木,他们真的迷路了,大伙陷入无助之中。

就在出事故的地方,很快赶来了很多武警官兵及医护人员,他们紧张地进行着救援工作。庆幸的是,司机师傅与宋老师都被解救出来并送往了医院。

14. 同伴受伤

大雨渐渐转为淅淅沥沥的毛毛雨。六个失魂落魄的孩子个个都像小泥猴,还有的衣服被灌木丛刮烂了。尽管狼狈不堪,但他们个个是小英雄,在灾难面前拯救了自己,从这场突发的噩梦般的灾难中暂时逃脱了出来。此时,他们已经浑身无力,无助地瘫坐在地上。

乔麦因为之前一直处在恐惧之中,拼命奔跑逃离灾难时,并没有发现自己的腿受伤了,这时她才感受到了剧烈的疼痛。

乔麦疼痛难忍,伤心得大哭起来:"我的腿,我的腿。怎么办?怎么办?我的腿,我的腿……我的腿是不是断了?从此我就是个残疾人了。我还想当个舞蹈家呢,没有腿我怎么跳舞呀?"大家见状也都吓坏了,有些手足无措。

闫小格走过去搂着乔麦:"麦子——"她想说一些安慰乔麦的话,但是不知说什么好。

健康的双腿,对于舞蹈家是多么重要!没有了双腿,对于爱美的、爱跳舞的乔麦来说是残酷的,是无法接受的。

乔麦痛苦极了:"怎么办?好疼呀!真的好疼!还在流血,这样下去我会死的,格格。"

张婷婷也忙来安慰道:"麦子,不会的,不会死的,一定不会死的。"

黄金瓜忙提醒道:"乔麦,你现在不要动,疼得这么厉害,很可能是骨折了。"

麦子不敢再动了。格格搂着麦子,张婷婷蹲在旁边紧紧握着乔麦的双手,她们希望自己能给乔麦力量。

黄金瓜走到麦子身边,脱下上衣,撕下两只袖子,再把袖子撕成几根布条,又从地上捡了两根树枝在雨水中冲洗好。他挑出两根长一些的布条,将剩余的软布条垫在乔麦的腿和树枝之间,用长布条将树枝紧紧地捆扎在伤腿两侧,做成了一个临时夹板固定好。

黄金瓜无奈地说道:"暂时只能这样。把伤腿固定住可以防止伤势加剧。"

欧阳帅疑惑地问:"这个有用吗?"

"是呀,你这个管用吗? 不是在糊弄人吧?"朱迪追问道。

黄金瓜看看大家说道:"应该管用,有一次我家羊腿断了,我就是这样治好的。"

朱迪听了,扑哧笑了,朝着乔麦做了个小羊的姿势:"咩——咩——麦子,原来你是一只羊呀。"

说完做着小羊的姿势边扭动身体边唱起来:"喜羊羊、美羊羊、懒羊羊、沸羊羊、慢羊羊、软绵绵、红太狼、灰太狼……别看我只是一只羊,绿草因为我变得更香,天空因为我变得更蓝,白云因为我变得柔软……"孩子们都喜欢这部动画片,为了缓解乔麦紧张的情绪,让乔麦能够暂时忘记痛苦,大家都跟着朱迪唱起来、扭起来,欧阳帅还做起了笨拙的灰太狼的样子。

六个孩子的欢笑声回荡在这深邃的充满神秘的原始森林里。鸟儿在枝头欢愉地欣赏,树木在风中欢快地伴舞,气氛短暂地轻松起来。

孩子们闹了一会儿,欧阳帅像是突然想起什么,从书包里翻出半小瓶矿泉水："麦子,要不先用矿泉水冲洗一下伤口吧?"乔麦看着矿泉水连连点头。

黄金瓜见状急忙出来制止："不行不行,在麦子腿上有伤的状态下一定不能用水冲洗,这样容易把污染物带到体内,可能会造成伤口感染的。"

欧阳帅一听有些脸红："原来是这样,这些知识书本上倒是没说。这水还是我们留着喝吧。"

孩子们看到黄金瓜这么了解急救知识,也都有些钦佩。

稍稍的开心过后,大家又回到了残酷的现实,空气又变得紧张起来。在大家都安静下来后,才相互地关注到对方。

张婷婷看着金瓜额头上的肿块叫起来："呀,金瓜,你额头怎么啦?"

大家都把目光转到金瓜的额头,那里有好大一个红肿的包块。他摸摸自己受伤的地方,轻轻发出一声"嘶"。

张婷婷关心道："你没事吧?"

大家也纷纷表示对金瓜的关心："金瓜,你没事吧?"

在乡下时,黄金瓜经常爬山挖药,没少摔打过,像这么一点小伤对他来说简直就是小菜一碟,他笑着说："小事,只是一个小肿包。我从小到处野,青了、肿了都是家常便饭,大家别担心。"

张婷婷突然想到什么,跑到闫小格面前,急切地让闫小格看看自己的脸："我的脸上没留下伤疤吧? 格格,快帮我看看,有没有? 有没有? 我可不想破相。"

闫小格瞅了瞅张婷婷："放心吧,没有。"

张婷婷开心地笑道："太好了!"

张婷婷的话引起了大家的注意,这时,小伙伴们才想起关注自己有没有受伤。

朱迪的胳膊蹭破了皮,还有点红肿,他吓得哭起来:"哇,好疼!我这只又白又嫩的胳膊呀,不会留下伤疤吧?"

欧阳帅胳膊划了道口子,腿上蹭破了点皮。闫小格手背上蹭破了皮。除此之外,大伙就是浑身泥水。

朱迪轻轻地吹着蹭破皮的胳膊,还不停地喊着:"我的胳膊,我的又白又嫩的胳膊呀!"

欧阳帅最看不惯朱迪的矫情:"朱迪,你能不能别喊了?瞧见金瓜额头的伤了吗?人家一声不吭。"

张婷婷接口道:"就是,你能不能有点出息?"

朱迪不服气:"你们站着说话不腰疼,嗯——真疼呀!"说完又开始哼唧起来,"哎哟,哎哟。"

闫小格看不下去了:"朱迪,你老这么哼唧就不疼了?你瞧瞧人家乔麦,一个女孩都忍着。你丢不丢人?"

朱迪一听到乔麦的名字,不好意思在他喜欢的女孩面前丢面子,立马不哼唧了,坐到一边不再吱声。

闫小格、乔麦靠在同一棵松树上,朱迪靠在另一棵松树上,其他人都瘫坐在地上。面对眼前的困境,大家陷入了无奈。

欧阳帅深深叹了一口气:"唉!在这深山老林里,还有同学受伤了,我们该怎么办?"

闫小格也是不知所措:"是呀,该怎么办呀?"

张婷婷垂着头:"到底怎么办呢?难道,难道我们要等死吗?"

朱迪一听到"死"这个字,又害怕了,他情不自禁又哀号起来:"不,我不想死!奶奶,你在哪?奶奶,我害怕。奶奶,快来救救我,救救我啊!"

　　闫小格赶紧整理自己的衣服和发型："是呀,我也不想死。婷婷,看看我的发型乱了没? 我要保持美好的形象,我要美美地活着。"

　　张婷婷上下打量了一番闫小格："嗯,除了衣服有点脏,格格还是美美哒!"说完张婷婷也整理了自己的衣物及头发。

　　"格格、婷婷,你们还有心思讲究美美哒? 真是无法理解女人的世界!"欧阳帅无奈地摇摇头。

　　"奶奶,奶奶,我想你。我不想死,不想死。"朱迪终于忍不住无望地哭了,其他同学也跟着抽泣起来。

　　看到小伙伴们如此失望、无奈,黄金瓜眼前浮现出宋老师把他们一个一个送到安全出口的情景,想到了宋老师临别时无助的又略带欣慰的表情,也想起了宋老师临别时的叮嘱。他要坚强起来,带领小伙伴们战胜困难,走出森林。

　　黄金瓜大声制止道："都别哭了! 你们还想不想走出森林? 要想活着走出去,现在就必须保存体力。"

　　听黄金瓜这么一吼,大家都立即安静下来。

　　黄金瓜说道："还不知道宋老师怎么样了,我还想走回原来的地方去救宋老师,可是我们已经迷路了。"

　　"是呀,不知道宋老师怎么样了。"闫小格双手合十,为宋老师祈祷。其他同学也双手合十祈祷："祝愿我们美丽、善良的宋老师安康!"

　　黄金瓜难过地自责道："宋老师,对不起,是我没用,是我太无能,没有把你救出来。"

　　欧阳帅安慰黄金瓜："金瓜,别自责了,当时的情况那么紧急,容不得我们耽误一点时间,如果我们不拼命往森林跑,也许会死的。"

张婷婷说:"宋老师是个好人,好人一生平安。"

朱迪立马赞同:"对,好人一生平安,宋老师一定会没事的。"

黄金瓜鼓励大家道:"伙伴们,宋老师对我们那么好,我们不能辜负她对我们的爱,在这种迷茫的时候更要好好地活着,保存体力走出森林。"

欧阳帅非常赞同:"对、对,书上说过,遇到危机时要保存体力,等待救援。书上还说了,我们在野外迷路了该怎么逃生……"

闫小格看了欧阳帅一眼,打断了欧阳帅的话:"帅帅,都什么时候了,在这个深山老林里,都不知道往哪个方向走,现在书本上学的知识能用得上吗?"

黄金瓜再次鼓励大家:"为了宋老师,我们一定要好好地活着,我们要有信心,只要我们精诚团结、不畏艰难,努力克服后面可能会遇到的任何风险,就一定能走出原始森林。"

其实黄金瓜心里也没什么底,但大家已经够失落了,他不能再把担忧写在脸上,不能再有这种失落的情绪,他要打起精神,鼓起勇气,所以他的表情坚定,目光坚毅地投向远处。他相信一切都会好起来的,相信大家一定能脱离危险,走出大森林。

听了黄金瓜的话之后,小伙伴们精神稍微振奋一些,不再那么气馁。刚刚黄金瓜处理乔麦伤口时体现出的专业和此时此刻坚毅的目光也给小伙伴们信心,此时他们不自觉地有些依赖这个勇敢的少年了。此时淅淅沥沥的小雨也停了下来,这让大家的心情好了起来,又多了一分信心。

欧阳帅突发奇想:"现在如果有部手机,上个百度,想要什么知识都能搜到,那该多好!"

大家都用不屑一顾的眼神看了欧阳帅一眼。

朱迪揶揄道:"书呆子一个!"

朱迪的一句"书呆子"提醒了欧阳帅,他马上想起了背在身后的书包。在车上,欧阳帅一直背着书包,他可是个嗜书如命、尊重知识、尊重书本的孩子。

欧阳帅就像寻宝一样翻看自己的书包:"书,我的书。"

闫小格疑惑道:"帅帅,你怎么还背着书包?"

欧阳帅回道:"在车上我就一直背在身上,没拿下来。"

朱迪连忙跑过去夺过欧阳帅的书包,打开书包,把书包里所有的东西都倒了出来:"太好了,我看看有吃的吗? 没想到书呆子在关键时刻没有掉链子。"

大家都把目光凝聚在书包里倒出来的东西上:一本《百科全书》、一个小包。朱迪打开小包看看,里面有几张一百元的钞票,还有一些零钱。除此之外,还有两支笔、一个小本子,另外还有一把水果刀。

朱迪很失望:"唉,本来满怀希望,结果什么吃的也没找到。"

朱迪从小包里掏出钱举起来:"如果现在有个肯德基店就好了,这些钞票就有用武之地啦,可惜——你们知道世界上最悲催的事情是什么?"

闫小格抢着回答道:"有钱买不到东西。"

朱迪竖起大拇指:"抢答正确,加十分。"

"给我,我要保护好我的《百科全书》。"欧阳帅一把夺过自己的《百科全书》。

张婷婷问:"帅帅,在这深山老林里要书有什么用?"

欧阳帅紧紧地抱着书包,开始摇头晃脑起来。大家知道他想说什么,于是学着他平时的样子道:"古人云——"

欧阳帅来回踱着步子:"古人云,书中自有颜如玉,书中自有黄金屋。你们一个个,谁能跟我比?在生命最关键的时刻,我都没有放弃我生命中最重要的东西。"伙伴们一起无奈地摇摇头。

张婷婷无奈地道:"唉,服了你!"

正当欧阳帅转身背对着小伙伴时,朱迪第一个发现欧阳帅"春光乍泄"了。

朱迪指着欧阳帅露出来的屁股,笑得前俯后仰:"大家瞧瞧!有好戏看了。"原来欧阳帅的裤子被划破了。

大家都捂着嘴笑起来,欧阳帅转头看着自己的被划破的裤子,才觉得屁股凉飕飕的。他连忙转身不好意思地捂着自己的屁股并迅速脱下外套系在腰上。

欧阳帅不好意思地捂着自己的屁股:"栽了,栽了!"

这片深山老林一直很沉寂,此时六个孩子的欢声笑语打破了老林子的安静,笑声在林中回荡。

短暂的欢笑后,六个孩子陷入了困境,大家默不作声瘫坐在地上。走出森林看起来还很难。

这时一条虎斑蛇缓缓地朝着欧阳帅身边游过来,黄金瓜眼尖,第一个发现了虎斑蛇,他迅速做出了反应,对着欧阳帅做了个手势:"嘘,帅帅别动,大家都别出声。"

伙伴们被黄金瓜的这一举动吓住了,谁也没敢动。黄金瓜非常小声地提醒大家:"原地别动,千万别发出声音。"

闫小格、乔麦、张婷婷捂住嘴不敢发出声音。朱迪突然看到那条虎斑蛇,吓得大叫了一声"啊",受惊的虎斑蛇朝欧阳帅露出裤脚的腿上就是一口。黄金瓜眼疾手快,迅速赶上前拎起虎斑蛇的尾巴,朝着一块大石头狠狠地摔着,直到虎斑蛇断气为止。大家被眼前惊险的一幕吓得两腿发软、瑟瑟发抖,他们屏住呼吸,谁也没敢再发出声音。

"啊!好疼,好疼!"欧阳帅疼得直叫唤。

黄金瓜丢下虎斑蛇的尸体,走到欧阳帅身边,安慰他:"嘘,千万要保持冷静,不要惊慌失措,不要大声喊叫,这样可以减慢人体对蛇毒的吸收。"

听了黄金瓜的话,欧阳帅吓得立马安静下来,强忍着疼痛不敢哭喊。

黄金瓜蹲下身子顺着欧阳帅的伤口四周使劲地向伤口处挤压,他要第一时间把蛇的毒血挤出来,动作迅速而敏捷。接着,他又在周围找了一些清热解毒的药草——白花蛇舌草、半边莲。他将这些药草咀嚼后将汁液涂抹在伤口处。

"好了,万事大吉。"黄金瓜拍拍手笑着说道。

欧阳帅却伤心地哭了起来:"这回我是彻底没救了,书上说过,即使挤出了蛇毒也只能最大限度地减少中毒的程度,为生命安全争取宝贵的时间,最后尽快将被咬者护送至医院救治。可这茫茫的大森林哪来的医院?"

朱迪这次真是吓得不轻,说话都不利索了:"太……太……太可怕了!"

大家都傻傻地看着,不知所措。

闫小格此时还在瑟瑟发抖:"这怎么办?怎么办?"

乔麦也没有平静下来:"对呀,这可怎么办呀?"

关键时刻,张婷婷还是比闫小格、乔麦稍微冷静一些:"金瓜,你最有主意了,快说说怎么办?"

黄金瓜安慰大家:"大伙别害怕。"

黄金瓜走过去拎着死蛇,在大伙儿面前晃着,把大家都吓着了。特别是三个女孩,吓得用手捂着眼睛不敢直视。

黄金瓜对大家说道:"这是一条毒性不大的虎斑蛇,但是对于过敏性体质就危险了。我不知道欧阳帅是不是过敏性体质,所以我第一时间把他腿上的毒液给挤了出来,还用草药在伤口上消毒了。"

欧阳帅惊喜地说:"我不是过敏性体质。"

黄金瓜拍了拍欧阳帅的肩膀:"那就没事了,放心吧。"

欧阳帅逃过一劫,这对他来说太重要了,这是他第一次深切地感受到了生命的价值、活着的价值:"太好了,谢谢金瓜,谢谢金瓜,真是好人有好报呀!"

朱迪吓得不轻,脸色煞白。

三个女孩同时朝着黄金瓜竖起了大拇指。

黄金瓜腼腆地笑笑,又及时提醒大家:"山里蚊虫多,大家把裤腿都放下来,减少皮肤裸露的面积。"

"好!"伙伴们齐声回答。经过刚刚黄金瓜大胆心细、徒手摔蛇的壮举,同学们对黄金瓜的敬佩之心又多了几分。

刚刚惊险的一幕还萦绕在大家的脑海里,孩子们从刚刚的"人蛇大战"中重新认识了一个勇敢的黄金瓜,进一步了解了一个有智慧的黄金瓜,同时也深切地感受到在这深山老林里处处有危险,要想走出森林还需要经过艰难的历程。这一切对六个孩子来说,将是一个重大的考验。

黄金瓜看了看大家,小伙伴们个个耷拉着脑袋,脸上的表情很严肃,写满了失落和无助。周围的空气静得可怕。为了缓解这种让人窒息的场面,黄金瓜告诉伙伴们:"伙伴们,在山里遇到蛇很正常,以后我们再遇到蛇后,一定不能慌乱,更不能突然大声叫唤惊扰它。一般不惊动它,它是不会主动攻击人类的。"

欧阳帅好像突然明白了什么似的:"难怪……刚才是谁大叫一声,惊扰了蛇,险些让我送了性命?"

大家不约而同地指着朱迪。朱迪可不想承担这个差点让人丢掉性命的责任,他吓得直摇手:"不是我,不是我。"

欧阳帅故作生气地说:"现在装熊了吧。金瓜,罚他。"

黄金瓜笑着说:"好嘞,怎么罚?"

欧阳帅眼珠子一转,指着那条断气的蛇:"就罚他拿蛇站在我们面前静思两分钟,谁让他不听你的指挥。"

三位小姑娘坐在一边笑着默许。

朱迪看了看蛇直退缩,直摇头:"不行不行,我不要。"

欧阳帅不屑地说:"朱迪,瞧你那熊样!"

朱迪拱手求饶:"各位大神,我真诚地道歉,是我错了,饶了我吧,饶了我吧!"

黄金瓜拎着蛇在朱迪眼前晃:"一条死蛇而已,别怕,拿着,拿着。"

欧阳帅用话语激他:"朱迪,死蛇而已,你不是说一直要保护乔麦吗?现在可是你在麦子面前好好表现的机会。"

张婷婷帮腔:"是呀,现在装熊了,你不是很勇敢吗?这样怎么保护女生?"

闫小格跟着附和:"是呀,我们女生还需要你们男生来保护呢,特别是乔麦,腿都受伤了,更需要勇士的保护。"

大家都盯着朱迪,瞧瞧他到底有多大胆量。朱迪瞅瞅死蛇,觉得不能在大家面前,特别是在乔麦面前丢面子。他一直在发抖,先用手碰碰蛇,确认蛇没反应,才用两个指头捏住蛇,刚捏住蛇那软绵绵的身体,就吓得大叫一声把蛇扔了。大家看到他的样子都忍不住笑了。

一阵欢声笑语后,乔麦皱了皱眉,举手发问:"金瓜,今天总算有惊无险。我想知道被蛇咬过之后,还有什么好的解决办法?"

黄金瓜解释道:"如果不幸被咬,周围又找不到医院,就只有自救了,可以用一根绳子,找不到绳子,可以用鞋带,在被咬部位的大动脉处系紧,再用手把毒血挤出来,这样能最大限度地降低中毒的程度,为救治争取到宝贵的时间。最后尽快将被咬者护送至医院救治,就不会有大问题了。"

欧阳帅双手握拳向黄金瓜再次表示感谢:"哇,原来如此,你懂得真多。谢谢你刚刚救了我,又及时给我处理。金瓜,谢谢,救命之恩在下今后定当涌泉相报。"

黄金瓜听到欧阳帅的感谢,憨憨地笑了笑。

15.临危授命

遇到蛇险之后,大家感觉现状还是很严峻的,保不齐还会遇到什么样的不可预知的危险。看着这无边无际的大森林,大家又陷入了沉默,空气再次凝固,沉闷得让人能窒息。

闫小格打破了这种令人窒息的沉闷:"刚才多亏了金瓜,不然欧阳帅就遭殃了。我看金瓜同学懂得比我们多,也比我们沉着冷静,就让他做我们的头领,带领我们走出深山老林。同意的举手。"

张婷婷迅速举起手:"我赞成。"

除了朱迪,大家纷纷举手表示同意。

闫小格问:"朱迪,你准备一个人走吗?"

朱迪低着头,吞吞吐吐地说:"不是。我曾跟金瓜打过架,他会带上我吗?"

欧阳帅说:"古人云,宁学桃园三结义,不学瓦岗一炉香。金瓜是个讲义气的男子汉,不会那么小心眼的。"

张婷婷赞同:"对,帅帅,赞一个。"

大家都把目光投向黄金瓜,期待他的回答。

黄金瓜开口道:"我奶奶跟我说过,每个人都有长处和短处,我们要记住别人的好,要做个好人。发生事故的时候,宋老师就交代过我要照顾好大家,让我一定要带领大家安全地走出大森林,我们六个人一个也不能少。"

朱迪缓缓地举起手,表示同意金瓜做头领。这支落难的队伍有了头领便有了方向,有了头领就有了希望,六个孩子增加了些许的信心。

在乡下的时候,村里的孩子们都喜欢跟着黄金瓜玩,他就是村里留守儿童的"孩子王",是具有头领气质的。可是此时此刻在这深山老林里,什么时候能把小伙伴们带出大山,还会遇到什么突发的危险,这些都是无法预料的。此时的黄金瓜感受到了前所未有的压力和责任,他要起到头领的作用,做个合格的头领,不辜负宋老师的嘱托和小伙伴们的期望,带着大家走出深山老林。

乔麦的腿受伤了无法行走,此时她既失望又无奈地说:"同学们,我的腿估计是骨折了,很难走路了,我不能连累你们。你们先走吧,等走出森林后再找人来营救我。"

黄金瓜安慰道:"说什么呢?不管什么情况,我们六个人一个也不能少,我们都要好好地活着。"

闫小格也安慰乔麦:"麦子,金瓜说得对,我们现在有头领了,要听从他的指挥。"

黄金瓜在林中搜索一遍,他找了根树枝,用水果刀削平整,做出一根简易的拐杖来。做好后,黄金瓜还拄着走了两步,除了自己身高比乔麦高,拄起来需要弯腰有点不舒服以外,其他堪称完美。黄金瓜把拐杖递给了乔麦:"来,试试!"

乔麦拿着拐杖试着走了几步,还真好使。

乔麦开心地笑起来:"谢谢你,金瓜,有了它做支撑,走起路来省力多了。"

朱迪情不自禁夸赞道:"佩服!佩服!"

小伙伴们个个竖起大拇指赞道:"金瓜,真厉害!"

树叶在风中摇曳着,风声、鸟声轻奏着一曲慢歌。六个孩子相互对视而笑,此时他们好像多了一分力量,彼此也多了一分默契。

六个小伙伴鼓足劲,向胜利出发了。

走着走着,朱迪摸摸肚子说:"我饿了。"

听了朱迪的话,大家这才意识到自己的肚子在抗议,咕咕直叫。大家都抿抿嘴,感觉到又渴又饿。

闫小格一屁股坐在地上,有气无力地说:"我也饿了。"

小伙伴们纷纷耷拉着脑袋,瘫坐在地上。

黄金瓜看着眼前刚才还斗志昂扬的小伙伴,现在个个没精打采的样子,但是没办法,人是铁饭是钢,一顿不吃饿得慌。现在的首要任务是解决大家的肚子问题。

这时欧阳帅慢吞吞地掏出矿泉水:"我这里还有水,我们喝一点吧。"

"太好了!"朱迪咽了口口水,眼睛直放光。

但是矿泉水只剩小半瓶了,要怎么分配呢?大家围着小小的矿泉水瓶犯了愁,把目光投向黄金瓜。

黄金瓜接过矿泉水瓶,端详了一会儿,说:"我们这里一共六个人,我注意到这个矿泉水瓶上自带一条条的花纹,这些花纹把水分成了七个格子。我们每人先喝一格水,剩下一格留着应急吧。"

欧阳帅看了看水瓶,点点头:"我同意金瓜的提议。这样看水瓶里确实是还有七格水,而且最后这一格比其他格都宽,分给谁都不合适,用来应急刚好。"其他小伙伴也点点头,对黄金瓜的提议表示赞同。

看到大家都赞成,黄金瓜把矿泉水瓶递给乔麦:"麦子,你受伤了,你先喝,补充点水分。"

乔麦看到小伙伴们默许的关怀的目光,感激地环顾了一下,才接过水瓶，一小口一小口地喝完了自己的那一格水。

黄金瓜看着矿泉水瓶在小伙伴中间传递，也不忘提醒大家："刚刚麦子喝水的方式是正确的，人在口渴的时候应该小口、慢速补水，这样才更有效果。"

一小格水喝起来快得很，现在只有朱迪和黄金瓜没有喝水了。刚刚就一直盯着矿泉水瓶看的朱迪迫不及待地接过水。朱迪一改平时莽撞的行事风格，此时也一小口一小口地慢慢饮水，喝几小口还要停一下回味一下。他也曾想过，要不偷偷多喝一点，说不定黄金瓜也不会发现。可是这想法刚一出来就立刻被他赶走了，水是生命之源，他不能把属于黄金瓜的那一份水给贪了。

"我可不是关心他，只是怕他渴坏了，就没有人带我们走出森林了。"朱迪在心底傲娇地想。

黄金瓜从朱迪手里接过矿泉水瓶，爽朗一笑："谢啦。"

大家都喝了水，刚刚的干渴稍稍有所缓解。通过这一次小心翼翼的传递，这些生长在城市里的孩子才第一次觉得饮用水居然这么珍贵。从前他们虽然在课堂上学了节约用水，跟着老师念着"节约用水"，但回了家照样不那么在意地把水龙头开得大大的。闫小格从前每次在家泡澡都要先放上满满一浴缸水，中间再换一次水的，从来不觉得水有多么宝贵。可此时此刻被困在丛林里几个小时了才喝上一点水，这种没水喝的感觉让她实在不适应。闫小格舔舔嘴唇，问黄金瓜："金瓜，刚刚的水也太少了，能想办法弄到一些水吗？"

黄金瓜点点头："好，等会儿我再想想办法。"

黄金瓜又将目光投向小伙伴们，环视了一圈，说道："大家从现在开始少说话吧，实在渴得厉害的话可以用舌尖顶住上颚，这样可以加速唾液的分泌。"尽管此时此刻黄金瓜也是又饿又渴,也想坐下来好好歇歇,但他是头领,小伙伴们都需要他,所以其他小伙伴们可以坐在地上休息,他不可以。黄金瓜站起身:"伙伴们,你们在这原地不动,我现在去找找,看能不能找到吃的。"

朱迪没有信心:"这深山老林有吃的吗?"

大家都用疑惑又期盼的目光注视着黄金瓜。

黄金瓜坚定地说:"你们就等着吧,这深山老林就是我们天然的厨房。"

黄金瓜可是山里长大的孩子,山涧、树木、小鸟都是他的好朋友。

黄金瓜去找食物,其他五个人坐在原地等候。

朱迪还是小声嘀咕着:"在这鬼地方,到哪去找吃的?"

朱迪习惯性地摸摸自己的口袋,他摸到了东西,临行时奶奶塞给他的巧克力,之前吃了一点,现在还剩一块。他兴奋极了,这可真是雪中送炭呀,此时此刻朱迪觉得自己是世界上最富有的。可就这一块巧克力,给谁吃呢?朱迪内心开始挣扎,思来想去还是决定:一定不能让其他人知道,我要偷偷地吃。朱迪在口袋里抠了一小块巧克力,转过身悄悄地塞到口里。哇!幸福的滋味一下子从脚底慢慢升腾到头顶,朱迪满足地闭上眼睛享受着。

朱迪又抠了一丁点儿巧克力,偷偷跑到乔麦身边递给乔麦,并小声讨好地说:"麦子,别出声。"

乔麦紧张了一下,不知怎么回事,便小声地问朱迪:"怎么啦?"

朱迪偷偷地瞄了一下其他的小伙伴,大家都在那有气无力地闭着眼睛休息,没有人注意他们俩:"嘘,巧克力。"

乔麦惊讶道:"巧克力,你哪来的巧克力?"

乔麦忍不住叫出声。一听到巧克力,欧阳帅、格格、张婷婷都立即打起了精神,齐齐地望着朱迪。

欧阳帅忙走过去扒朱迪的手,朱迪躲闪。欧阳帅再去搜身,朱迪再次扭着腰闪了过去。

闫小格忍不住批评道:"朱迪,你太自私了吧? 有吃的自己独吞,干脆你一个人走算了。"

欧阳帅也很气愤:"对,你自己一个人走吧,我们不喜欢自私的人。"

张婷婷同样生气:"朱迪,你永远改不掉自私的臭毛病。"

大伙儿都生气地扭过头不想理睬朱迪,朱迪不好意思地低下头。

小伙伴们对朱迪的自私行为表示不满,此时他躲在一边也有点不好意思了。他在心里打着自己的小算盘:若大伙都不愿理他,把他丢下,他肯定死定了。而且此时此刻,他也确实有点羞愧,尤其是刚刚欧阳帅都把自己的矿泉水拿出来和大家一起分享,而他第一反应却是自己偷偷吃,这实在不应该。

于是朱迪掏出那块在口袋里捂得热乎乎的巧克力,走到大家面前。

朱迪把巧克力递到乔麦面前:"麦子,你受伤了,最需要补充营养,这块巧克力我不吃了,给你吃吧。"

乔麦斜躺在格格腿上,张婷婷坐在乔麦的身边。乔麦脸色煞白,虽然此时很疼痛,还是要忍着。

乔麦笑笑说:"谢谢你,朱迪。但是大家一定都饿了,我们还是分着吃吧。"

朱迪无奈地说:"那好吧。"

朱迪小心地把巧克力掰成五小份,分给每人一份。

闫小格问道:"都分了,金瓜怎么办?"

朱迪一拍脑袋:"啊,我真忘了! 刚刚看在场只有五个人,我手一快,就掰好了,这可咋办? 不过金瓜不在,这巧克力分了金瓜也不知道,要不我们先分了再说?"

张婷婷摇摇头说道:"朱迪,你是好了伤疤忘了疼,你忘了刚刚金瓜是怎么对你的?"

欧阳帅附和道:"是的,朱迪,书上说过,滴水之恩当涌泉相报。"

朱迪意识到自己的错误,低着头道:"好、好,知道了。要不把我的这块留给他好了。"

欧阳帅提议:"我们可以先分享解决一半巧克力,解燃眉之急,给金瓜留下半块等他回来。"这提议得到了大家的一致赞成。

大家分了一下朱迪之前掰的五小份中的两份半,把剩下的巧克力用包装纸包好,外面还小心翼翼地包上了一片大大的软树叶。五个孩子在分到巧克力之后,格外珍惜。平常在家像这样一点巧克力,他们根本看不上眼,而此时却成了救命的口粮。他们一点一点地舔舐,平常一小口就吃完的巧克力,而今天竟舔了好长好长时间。也正是这一丁点儿的巧克力,让每个孩子感受到了浓浓的幸福,前所未有的幸福。

黄金瓜满头大汗地抱着衣服跑过来,衣服里裹了很多野柿子,还有一些做豆腐用的浆果等。

黄金瓜兴奋地说道:"伙伴们,我找到食物了。"

大伙看到黄金瓜怀里抱着满满一包好吃的也异常兴奋,都好奇地去看黄金瓜找到了什么食物。只不过当黄金瓜打开包裹后,大家看到的只是一些果子,刚刚的兴奋便一下子烟消云散,没有了食欲。特别是三个女孩看到野果下面纷杂的树叶和果子上的灰尘都皱着眉,不敢相信这些能吃。

朱迪疑惑地问道:"金瓜,这些能吃吗?"

黄金瓜非常自信,坚定地说:"当然能。"

大家都摇摇头,表示不敢相信,无法接受。

朱迪从口袋里掏出巧克力:"金瓜,我这里还有巧克力,留给你吃的,还是巧克力可靠。"

黄金瓜问:"你哪来的巧克力?"

朱迪说:"临走时奶奶塞给我的,我在车上忘记吃了,没想到现在还成了我们的口粮。"

黄金瓜看看小伙伴,关心地问道:"你们吃了吗?"

小伙伴们齐声答道:"我们都吃过了。"

黄金瓜感激地说:"谢谢你,朱迪。"

"不用谢,金瓜。"朱迪低着头想了想,然后不好意思地请求道,"金瓜,之前一些事情是我对你有偏见,现在才逐渐发现你的可靠,看到你对大家无私的照顾也确实很令人钦佩。我想问问,你……你可以不计前嫌,原谅我吗?"

朱迪的请求太突然,让黄金瓜有些措手不及,但他还是非常高兴地说道:"当然,当然可以。"

小伙伴们对朱迪的决定也感到有些突然,他们没有任何的心理准备。尽管这样,小伙伴们还是对朱迪的行为表示认可和欣慰。

朱迪开心地握住黄金瓜的手:"那我们从此就是好朋友了。"

在大家热烈的掌声里,黄金瓜和朱迪击掌、拥抱。

黄金瓜说:"找到这些食物不容易,你们现在不想吃说明还没有饿到极点。欧阳帅,你先装起来备用。"黄金瓜把食物递给欧阳帅,欧阳帅将它们装进了书包。

"至于巧克力嘛,确实是补充体力的好口粮,但是也会让人更口渴。我现在还不是很饿,这巧克力就等到我们找到水源之后再吃吧。"

黄金瓜一边说着,一边小心翼翼地把巧克力包起来收好,这是朱迪与他友谊的见证。能让本来就亲近自己的人对自己友善并不是难事,可是能让一开始就对自己印象不好,一直有偏见的人慢慢对自己改观,这才是最最了不起的事情。而黄金瓜做到了,他也为此真真切切地感受到了快乐。

16. 森林第一夜

原始森林的夜晚总是来得特别早,而且还格外阴凉。在这原始森林里,克服夜晚的寒冷,对六个孩子来说也是个考验。

黄金瓜给两个男孩分配任务:"朱迪、帅帅,眼看着天就要全黑了。晚上的深山老林气温很低,你们两个跟我去多捡一些枯枝败叶来,尽量找干的,我们垫在地上能起到一定的保暖作用。格格和婷婷留下来照顾乔麦。晚上谁也不知道会突遇什么危险,谁都不能乱跑。"

两个男孩在黄金瓜的安排下,在树林里捡起枯枝败叶。这两个小家伙平时在家是从来没做过家务的,偶尔干一次活还真的挺累,但是两个人没有喊一声苦,没有叫一声累,都非常卖力。所以说环境可以改变一个人,在这次的经历中,他们在逐渐改变,逐渐成长。

可是当朱迪、欧阳帅抱着枯枝败叶与黄金瓜会合之后,金瓜却有些无奈了:"你们捡回来的枝叶大多是湿的,用不上呀。唉,我之前提醒过你们要找干的,可见两个小脑袋都没有装进我说的话。"

"啊,那可怎么办?"朱迪把抱在怀里的枝叶一放,有些沮丧,"可是天刚刚下过雨,枝叶大多都是潮湿的,根本找不到多少干的。"

欧阳帅也点点头:"确实如此,而且现在没有进入深秋,许多叶子还是水分充足的,就算有少量枯叶现在也都湿透了。金瓜,这可怎么办呀?"

黄金瓜看着这些枝叶也有些犯愁,他怀里这些少许的干枝叶,是他好不容易找到了几棵山崖下的小树,因为有伸出来的岩壁遮雨,所以才是干的。

闫小格看着他们带回来的枯枝败叶,皱着眉摸了一下,还是湿乎乎的,生无可恋地说:"我们晚上难道就睡这里? 唉,本姑娘什么时候沦落到这等地步了。"

张婷婷也有些犯愁:"是呀,这怎么睡呀?"

朱迪看着自己好不容易带回来的枝叶被这么嫌弃,也有些不快:"那你想睡哪? 豪华的席梦思大床吗? 这里可没有。"

闫小格不服气地回击朱迪:"那是,我卧室里那张舒软的大床,简直让人躺下来就想睡觉,那枕头舒服得像枕在云端,现在躺这儿,能睡着吗?"

乔麦也在怀疑:"这枝叶看起来确实很让人担心能不能睡。"

黄金瓜听着小伙伴们的争论,有些无奈地开了口:"好了,我们现在能否走出森林都是个问题,辛苦大家稍微忍耐一下吧。晚上还是要休息好,有更好的体力,我们走出森林的希望才会多一分。"

欧阳帅点点头:"金瓜说得对。"

张婷婷犹豫了一下:"我晚上就靠着这棵松树睡觉。"

黄金瓜提醒道:"婷婷同学,话别说得这么早。到了半夜这山里可凉了,咱们身上的衣服本来就半干不干,要是就坐在这潮湿的地面上睡觉,非感冒不可。"

"金瓜,那你说怎么办吗? 现在你带回来的干枝叶也有限,也不够咱们分的,就算想睡也不行啊!"张婷婷无奈地妥协道。

黄金瓜沉思了片刻:"这样,这些枝叶都是我刚刚在不远处的岩壁下捡来的,那里因为有伸出来的岩壁的遮挡,地面也是干的,咱们赶快趁天还没完全黑赶过去吧。"

几个孩子感受了一下湿哒哒地贴在身上的衣服,再看看湿透了地面,打了个寒战,也认可了黄金瓜的判断:他们今晚绝对不能在这个四面透风、地面还潮湿的地方睡觉。于是几个人轮流搀扶着受伤的乔麦,跟在黄金瓜身后。一众小伙伴没一会儿就走到了岩壁下面,几个男生主动捡了些干叶子,铺在干燥的地面上。几个人坐在树叶铺成的"地毯上",倒也别有一番趣味。

欧阳帅环顾了一下四周,说道:"嗯,我们这里夏季吹东南风,今晚的风向我刚刚在路上感受了一下,也确实是从东南方向吹过来的。而这个岩壁恰巧位于东南方位,晚上还能挡风,这真是再好不过了。"

闫小格听了有些好奇,问道:"欧阳帅,你还能分得清东南西北?"

欧阳帅点点头:"那是!你们看,天上最亮的那颗一直没有移动过的星星就是北极星,《百科全书》说了,北极星所在的方位就是北方。再结合课本上的口诀,上北下南左西右东,这就可以判断方位了。这就是书本上知识的实际应用。"

"帅帅真厉害,不愧是学霸!"几个小伙伴纷纷称赞着欧阳帅的博学,让欧阳帅也感觉很有成就感。

这样轻松的氛围没有延续太久,夜色逐渐深了,风吹着树林发出的声音中夹杂着动物们的叫声。透过稀疏的树枝,他们只能看到一两颗星星。夜幕降临的深山老林,黑得让人感到恐怖。一阵晚风吹过,山谷里传出了一阵凄凉诡异的怪声。

一向胆小的乔麦抱着闫小格蜷缩着,怯怯地问道:"格格,我有点害怕,你说,这里会不会有鬼呀?"

闫小格心里也害怕极了,但还是在安慰着乔麦:"没事,哪有什么鬼? 别自己吓自己。"

张婷婷本来靠在岩壁上休息,这漆黑的夜晚令她紧张起来,立马跑到闫小格身边躺下。

晚上一直搂着奶奶睡的朱迪,哪里见过这么漆黑的夜晚? 他顾不上丢脸,赶忙跑到黄金瓜身边,紧紧搂住他:"金瓜,你要保护我,你可一定要保护好我啊! 等我们走出森林,我一定让我爸给你好多钱。"

靠在一边的欧阳帅蜷缩着身子,瑟瑟发抖地说:"朱迪,都什么时候了,还说这样的话? 你这是典型的被金钱俘虏者。"

这时,有星星点点的亮光在他们眼前飘忽。乔麦捂住眼睛不敢看,大叫起来,声音明显颤抖。

闫小格、张婷婷听到乔麦的喊声也害怕得捂住眼睛。

朱迪蜷缩着,把黄金瓜抱得更紧了,黄金瓜都有点透不过气了。此时,欧阳帅也很害怕,紧抓着朱迪的衣领直发抖。

黄金瓜对大家说道:"别怕,是萤火虫。"

朱迪立马抬头:"哦,萤火虫呀,原来萤火虫是这样的。"

欧阳帅尴尬地说:"我就说嘛,这个小萤火虫我在书上看到过,就是朱迪胆小,没事了,没事了。"

一听萤火虫,大家都放松下来。乔麦还是害怕,先透过指缝瞅了瞅,然后才慢慢放开双手。

黄金瓜安排道:"格格,今天晚上你们三个女孩睡中间。朱迪,你和帅帅睡一边,我睡另一边,如何?"

"好!"几个小伙伴齐声答应着。

此时,六个孩子相互依偎在一起,就像兄弟姐妹一样亲热。他们把找来的枯枝盖在自己身上,尽管没有家里的被子暖和,但是配合铺在地上的树叶,再加上大家依偎在一起的温度,还是勉强可以的。也许是白天实在太疲倦的缘故,六个孩子很快就进入了梦乡。

按照正常的时间,下午两点多孩子们就应该回来了,可是现在已经是傍晚了仍没见到孩子们,家长们一直拨打宋老师的电话也无人接听。当家长们看新闻得知孩子们写生的山区路上发生了泥石流之后,大家按捺不住了,纷纷赶到学校。大家的情绪非常激动。张校长也在第一时间赶到学校,一直给宋老师打电话,就是没人接听。

朱迪奶奶终于按捺不住情绪,瘫坐在地上,双手不停拍打地面。朱迪妈妈在一边安慰着。

朱迪奶奶哭喊着:"我的个老天呀,我的宝贝孙子哟,你要是有什么意外,我就不活了。"

朱迪爸爸安慰着朱迪奶奶:"妈,不着急,只是失去联系而已。"

"就怪你,我说不让蛋蛋去、不让蛋蛋去,你非要让孩子去锻炼锻炼。蛋蛋若有什么三长两短,我就不活了。"朱迪奶奶一边哭喊着,一边用拳头捶打儿子。

时间一分一秒地过去了,转眼已经到了深夜,宋老师和六个孩子还是杳无音讯。朱迪奶奶已经哭不出眼泪了:"我的孙子哟,我的个蛋蛋哟。你在哪呢?你可不能丢下奶奶呀!"

朱迪奶奶又跑到校长办公桌前,敲打着桌子,把桌上的物品都扒拉到地上:"你到底是快点联系呀,在这儿倒是坐得安稳!我的宝贝孙子要是有什么三长两短,我就跟你们拼了,我就死在你们这里!"

校长安慰道:"朱迪奶奶,政府第一时间已经派警力和医务人员在发生泥石流的现场搜救了。"

"救、救、救,救到现在人呢?"她又声嘶力竭地咆哮起来。

朱迪爸爸赶忙把奶奶拉到一边,可是奶奶控制不了情绪,毕竟是上了年纪的人,因为长时间的哭泣和情绪激动,竟然昏了过去。校长赶紧拨打120,分管副校长也忙蹲下身子察看。朱迪爸爸搂着朱迪奶奶,朱迪妈妈蹲在朱迪奶奶的身边紧张地摇着老太太。

一时间场面有些失控,孩子们的父母都焦急地关注着朱迪奶奶的情况,很快120赶到现场接走了朱迪奶奶。

校长感到非常内疚和不安,这件事对他来说,将是他当校长生涯中不可谅解的安全事故,如果孩子们真的发生了意外,他将会背负终身的遗憾和内心的谴责。可是他看看等在办公室到现在都没有吃饭,连水都没有喝上一口的家长们,再想想刚刚晕过去的朱迪奶奶,又开了口:"各位家长,你们先回去休息,吃点东西。等一有孩子们的消息,我就第一时间通知你们。"

可是家长们哪里放得下心来?一致要求在学校等消息。于是校长吩咐分管副校长为大家送来快餐,可没有一个人能吃得下。家长们有的站在那,有的靠在墙上,有的坐在椅子上抹着眼泪,焦急地等待孩子们的消息。

这时,张婷婷的妈妈也慌慌张张地跑进校长室。

张校长诧异地说:"您、您不是在门口卖八宝粥的那位吗?"

"是,我是张婷婷的妈妈。前年,婷婷的爸爸得了癌症花光了家里的所有积蓄,最后还是没有治好。现在我就在学校门口做点小本生意来维持我们母女的生活。我已经失去了老公,如果女儿再有什么三长两短,我也不活了。"婷婷妈妈说完,便伤心地哭起来。

张校长连忙安慰:"张婷婷妈妈,政府正在积极营救,您先坐下歇会儿,我们耐心等待。"

17. 森林生存挑战

天渐渐地亮了,森林里回荡着鸟鸣声,阳光透过薄雾射在草地上时,大家还在睡梦中。黄金瓜是第一个醒的,他把手放在嘴边,模仿出公鸡打鸣的声音。

睡梦中的朱迪听到鸡鸣,闭着眼睛迷迷糊糊坐起来:"鸡、鸡,吃鸡。"接着又倒下去睡了,胖子都贪睡。

黄金瓜再次模仿了几声公鸡的打鸣声,又摘下一片树叶,吹出鸟鸣声,几个小伙伴相继被公鸡的打鸣声和鸟鸣声唤醒。

欧阳帅坐了起来:"我怎么听到了鸡叫,还有鸟鸣? 难道是幻觉?"

闫小格说:"不,我也听到了。"

朱迪一屁股坐起来:"对、对,我也听到了。"

张婷婷说:"我也听到了。"

朱迪爬起来四处找声音的来源,黄金瓜再次吹起树叶。大伙都把目光转移到了黄金瓜身上,朱迪跑到黄金瓜身边,大伙跟着凑过来。朱迪扒开金瓜的手,拿起树叶看了看。

欧阳帅也好奇地拿着树叶看了看:"哇,树叶! 金瓜,你怎么做到的?"

"在老家跟我傻叔学的。他可聪明了,还会吹好听的歌曲。"

朱迪用崇拜的眼神望着金瓜:"我真是越来越崇拜你了。"

闫小格夸赞朱迪:"朱迪,有进步,知道崇拜别人了。"

欧阳帅推了一下眼镜:"太神了! 正所谓人不可貌相,海水不可斗量。我对你的敬仰犹如滔滔江水,连绵不绝。"

张婷婷赞赏道:"太赞了! 金瓜,你还会吹别的声音吗?"

金瓜说:"会呀。"

黄金瓜摆弄着这片小小的树叶,吹出大小、粗细不同的鸟叫声,有的像麻雀,有的像喜鹊,紧接着又吹出一首简单的曲子来。大家都开心地为黄金瓜鼓掌。在这深山老林里,在大家都陷入无望和困境的时候,黄金瓜却用一片小小的树叶给大家带来了快乐。

麦子舔了舔干裂的嘴唇,说话声特别微弱:"渴——"

大家正陶醉在黄金瓜的树叶乐曲中,谁都没听到。

乔麦再一次用微弱的声音问金瓜:"金瓜,有水吗?"

大家面面相觑,舔了舔各自的干裂的嘴唇。

黄金瓜指指天空:"伙伴们,看到雾了吗? 现在树叶上积满了雾水,大家可以暂时舔舔叶子上的雾水解决口渴问题,等阳光再强烈一点,就喝不到雾水了。"

小伙伴们听了这话,纷纷摘下叶子,舔舐着叶子上的雾水。舔舐过雾水,好像大家的精神状态都好起来了。

欧阳帅一边舔舐雾水,一边给大家鼓劲:"大家闭上眼睛充分发挥你们的想象力,想象着我们现在正喝着仙水,我们就是天上的小神仙。小伙伴们,尽情地畅饮吧!"

小伙伴们觉得帅帅说的话有道理,纷纷闭上眼贪婪地享受着。

朱迪闭着双眼愉快地畅想着:"嗯,仙水的味道好极了! 好喝,好喝,若这时再上一盘手抓羊肉就美极了。"

朱迪说的手抓羊肉让伙伴们都想起了美味,他们感觉更饿了。人在陷入绝境时,往往越缺少什么,外界的刺激让你越渴望得到什么,而越渴望得到什么,往往越难得到什么。

大家在饿到极点时,才容易接纳一切可以接纳的食物。黄金瓜打开书包,掏出昨天储存的"粮食"。

朱迪摸着厚厚的肚皮无力地哀号着:"好饿呀,好饿呀! 再这样下去,我会被活活饿死的。"

黄金瓜招呼大家:"嗨,大家来用餐喽。"

朱迪指着一堆野果一脸的问号:"有没有搞错? 这也叫餐? 是人吃的吗?"

闫小格也很疑惑:"金瓜,这些能吃吗? 吃了会不会拉肚子?"

欧阳帅扶扶眼镜:"根据书上说的,野外求生可以吃树叶、树根等充饥,但书上还说了野外的很多东西都有毒。等等,大家等等,我来翻书查查什么东西能吃。"欧阳帅拿出书翻着找答案。

朱迪轻蔑地瞟了一眼那些不起眼的野果:"肯定有毒,我宁愿做个饿死鬼,保持我死后的形象。被毒死之后,全身发黑、发紫,那形象可是惨不忍睹。"

闫小格打了个冷战:"天哪,好恶心呀!"

张婷婷也跟着说:"嗯,太恶心了! 我也要保持淑女形象。"

乔麦虽然已经饿得前胸贴后背了,但看看"食物"也不敢吃。

黄金瓜看大家都对他采来的野果表示怀疑,可是还不知什么时候才能走出大森林,保存体力是非常重要的。于是,黄金瓜跟小伙伴们解释道:"你们就放心吧,这些都是能吃的。小时候,我经常跟爷爷上山放牛、砍柴,爷爷教会我很多识别中草药和有毒、无毒植物的本领。我爷爷活着的时候,用中草药给乡亲们看好了很多病呢。你们不吃,我吃了。"说完,他拿起一个野果在袖子上擦擦,就津津有味地啃起来。小伙伴们疑惑地看着,咽着口水,尽管肚子在不停地抗议,还是不敢轻易下手,都在观察、等待中。

黄金瓜美滋滋地吃着,朱迪、闫小格、乔麦、张婷婷静观着,只有欧阳帅还在翻着《百科全书》。

黄金瓜又开始劝说:"我们还搞不清什么时候才能走出这深山老林,不补充能量,那真的只有等死喽。"

张婷婷用手戳了戳欧阳帅:"帅帅,你真是个典型的书呆子。在书上找到答案了吗?"

欧阳帅很不服气地看了张婷婷一眼:"你懂什么?"

闫小格看了看小伙伴们,又看了看正在有滋有味地啃着野果的黄金瓜:"帅帅,书上仅有的文字不能帮助我们脱离目前的实际困境,我们既然推选金瓜为我们的头领,就应该相信他。我们一定要活着走出这深山老林,你们不吃,我吃。"闫小格说完,非常痛苦地紧皱着眉头吃起野果。她先咬了一小口,感觉味道还不错,酸酸的,还带有一丝清香。试探地吃了两口以后,闫小格放心大胆地畅快地啃起野果,这种滋味只有饿极了的人才能体会到。

看到格格也津津有味地吃起来,帅帅也拿起一个野果费劲地吞咽着。朱迪、张婷婷看看格格,又看看帅帅,还是没动手。

闫小格拿了两个野果递给乔麦:"麦子,你受伤了,更要补充能量。为了我们可亲可敬的家人,为了宋老师,我们一定要活着走出去。"

乔麦可从来没吃过这东西,她先是咬了一点果皮嚼了两下,又咬了一大块果皮嚼嚼,觉得也没什么难吃的。此时她的肚子咕咕直叫,一直在抗议。在这深山老林已经管不了那么多了,活着最重要,只要活着,什么都能克服,她开始大口吃起来。

闫小格又拿了两个野果递给张婷婷:"婷婷,给。"

张婷婷提醒她："我有英文名。"

闫小格回道："我不管你有没有英文名,我就叫你张婷婷。你不是跟金瓜的关系最好吗?你应该相信他,吃吧。"

欧阳帅跟着说："对呀,Nancy,保存体力是明智的选择。"

张婷婷皱了皱眉,痛苦地吃起来。虽然很难以下咽,但为了活着走出深山老林,她还是坚持吃着。

朱迪还是没动嘴,其实他更容易饿,平时吃惯了大鱼大肉,哪能咽下这玩意儿?吃完果子,大家感觉好多了,只有朱迪依然没吃。

大伙吃了些东西后,原地稍稍休息了片刻。

黄金瓜站起身招呼道："伙伴们,准备出发!"

欧阳帅疑惑地问道："往哪个方向走?"

黄金瓜说："我们朝着一个方向前进,若能找到守山的人家,我们就有救了。我留意过,今早的鸟群往西边飞,而且那边地势更低,可能有水源,我们就先往那边走。大家要有信心,我们一定能走出去的。来!"

黄金瓜伸出一只手,六个小伙伴手叠着手,相互鼓励："加油!"大家团结协作,向胜利的方向奔去。

司机师傅和宋老师被送到医院抢救了,可孩子们已经二十四个小时没联系上了。市委、市政府高度重视这件失联事件,连夜召开紧急会议商讨搜救方案。市领导批示："无论如何,不管付出什么代价,动用什么力量,也要找到六个失踪的孩子。"

市领导的批示很快传达到各级政府部门,六个孩子的生命安全也一直牵动着区教体局局长的心。

教体局局长召集人员，开了个紧急会议："我刚从市里开会回来，市委、市政府高度重视，六个孩子的生命安全牵动着每个人的心，不管付出多大代价，都要营救孩子们。张校长，此次事件你严重失职。学校的老师私自带着学生外出，你都不知道吗？你履行自己的职责了吗？"

张校长回复道："这几个孩子都是宋老师绘画工作室的学生，平时宋老师都是免费教孩子们学画画，外出写生是家长们都同意的，学校确实不知道。"

局长不满地说："学校不知道就能推卸责任了吗？在这里我也要检讨自己，没有尽到监管的责任。六个鲜活的生命到现在仍生死未卜，我很心痛，我们一定要竭尽全力配合好政府的搜救工作。目前你要稳住家长们的情绪，不要再发生什么意外了。"

张校长点点头，很快赶回了学校。

在学校会议室，家长们还在焦急地等待着，朱迪的奶奶不愿躺在医院打点滴，社区医院的医护人员只能赶到现场做好安全保障。朱迪奶奶一边打着点滴，一边和其他家长一起等待消息。会议桌上摆放的盒饭早已经凉了，还有面包、矿泉水，可是谁也没心思吃一口、喝一口。

朱迪奶奶还是按捺不住焦急的心情："我要去找孙子，我要去找孙子。"说完就准备动手拔掉针头，被朱迪爸爸拦下了。

朱迪爸爸安慰道："妈，事故现场没有找到孩子们，说明他们没有生命危险，只是现在失联了。政府正在全力搜救，你要耐心等待。"

朱迪奶奶又伤心起来："蛋蛋呀，奶奶就不该让你去画画呀，奶奶就不应该让你出去写什么生。都怪奶奶，都怪奶奶没有照顾好你。"

闫小格的爷爷一向沉稳,这时也按捺不住了:"格格的父母去国外了,孩子托付给我照顾。这回,我怎么向她父母交代啊?"

黄金瓜爸爸提议道:"各位家长,我们老是在校长室哭闹也无济于事。与其在这里等待,不如我们也加入搜救队伍,我开车带大家去事故现场。"

家长们纷纷表示赞同。

张校长看出家长们心意已决,自己是拦不住的:"好,我们也去,大家注意安全!"

在发生泥石流的地方,当地政府领导、武警官兵、医生,由熟悉山路的老百姓带路,正沿着事故发生的地点向原始森林方向展开搜救。

小伙伴们气喘吁吁地行进在森林中,乔麦拄着拐杖,闫小格、张婷婷轮流搀着她。此时一直没有进食的朱迪是又饥又累又渴,他流着汗,喘着粗气,嘴唇已经干裂,还起了两个红色小疱。

朱迪上气不接下气地说:"啊,我不行了,我不行了。"说完一屁股坐在地上。大家也都跟着停下来休息。

此时他真的已经饿到了极点,长这么大,他还从来没有过饥饿感:"我快死了,饿呀!"

欧阳帅掏出"粮食"递给朱迪,在他的眼前晃悠:"朱迪,吃不吃? 吃不吃?"

饥不择食的朱迪哪还来得及思考? 他一把夺过野果,狼吞虎咽起来,干噎着,嘴巴包得满满的。小伙伴们看到他这副狼狈相,不禁笑了。

赶了好一程路,今天又是太阳高照,现在大伙已经渴得要命,特别是乔麦,腿疼得直哼哼,再走下去,估计是没有体力了。现在已经快中午时分,早已没了雾水,怎么解决喝水问题?

小伙伴们个个嘴唇干裂,连咽口水都困难。

黄金瓜对大家说道:"你们在原地休息,我去找水。"

在这深山老林,找树叶、草根容易,找水源可没那么容易。黄金瓜一路找,一路用石头在树干上刻下记号,以便能找到返回的路。黄金瓜穿过好几片林子,终于听到了水声。他兴奋地朝那边跑去,只见断崖下面就是一条小山涧,此时还有小动物在山涧边喝水呢。可是这处小断崖下去颇有难度,需要手脚并用从将近六十度的陡坡爬下去。眼前就是活水,为了小伙伴们能活着走出森林,黄金瓜不能放过这个来之不易的水源。黄金瓜一咬牙,手脚并用,双手扒在断崖边上,用脚小心翼翼地探一块石头,踩了踩,确定结实了才踩实。他身体紧紧贴着崖壁,调整重心,手臂的肌肉绷得紧紧的,慢慢往下。崖壁虽然不高,但是他攀爬了许久才终于下去。黄金瓜快速朝着山涧跑去。涧水清澈见底,还是活水,他双手捧着水大口大口、酣畅淋漓地喝起来。

五个小伙伴坐在地上焦急地等待着黄金瓜。

乔麦有点焦急、担心了:"这么长时间了,金瓜还没回来,不会出什么意外了吧?"

朱迪一脸不满地埋怨道:"什么意外? 一定把我们当感冒的鼻涕——甩了。"

张婷婷反驳他:"别胡说,金瓜才不会像你。"

闫小格附和着:"婷婷说得对。他说过,我们一个都不能少,他一定会带领我们走出去的。"

乔麦也同意她们的说法："格格说得对,金瓜不会丢下我们的。"

朱迪可不服气:"嘁,难说。人不为己,天诛地灭。"

欧阳帅有点听不下去了:"朱迪,说话别没良心。金瓜是我们的头领,一路走来为我们找吃的、找喝的,为我清理蛇毒,为乔麦做拐杖,事事需要操心,你居然还有这种想法。"

欧阳帅说得朱迪有点不好意思了,低下头默不作声。

黄金瓜自己喝饱以后为难了,怎么把水带回去呢?这里的断崖这么险峻,他能下来,可是小伙伴们肯定是下不来的。黄金瓜四处寻找,看有没有盛水的东西。他在小涧周围转悠了一圈,没有找到任何可以盛水的物品。黄金瓜着急地在小涧边转圈,他用袖子擦擦额头的汗,急中生智,忙脱下上衣,光着身子,把衣服浸在水里洗干净,再深深地往水里浸了一次,然后他把浸透了还在滴水的衣服往身上一套,急速地原路返回,噌噌几下沿着之前探好的路径爬上了小断崖。他要加快速度,尽量让每个小伙伴都能喝到水。

五个小伙伴坐在地上焦急地等待着,黄金瓜穿着湿漉漉的衣服飞奔回来了。

黄金瓜老远地就开始喊叫起来:"小伙伴们,水来了。"

闫小格开心地笑着:"朱迪,瞧见没?金瓜。"

朱迪不好意思了:"嗯,是我错了,以小人之心度君子之腹。"

欧阳帅说道:"知道错了就好。"

张婷婷高兴地说:"金瓜,你终于回来了。"

黄金瓜解释道:"我实在找不到盛水的东西,只能把衣服弄湿将水带回来。"

欧阳帅拍着脑袋:"对了,金瓜,我这不是还有一个空的矿泉水瓶吗？这可以盛水呀。"

黄金瓜猛醒道："是呀，我忘了。"

张婷婷举着大拇指夸赞道："好样的，金瓜，用衣服带水回来这个办法也很棒啦。"

小伙伴们如饥渴的小鸟，纷纷张开嘴。黄金瓜把湿衣服脱下来，再把上面的水慢慢拧下来，滴到小伙伴们的嘴里。

黄金瓜问："怎么样？深山老林的水别有味道吧？"

欧阳帅咂巴咂巴嘴："嗯，老林山泉——有点甜。"

张婷婷夸赞道："哈，真甜！"

朱迪畅想着说："哎，现在能喝上一杯牛奶就好了。"

乔麦建议道："朱迪，你可以插上想象的翅膀，把它当成牛奶。"

朱迪立马眼睛一亮："好，来，金瓜，再给我来一口。"

朱迪闭上眼享受着，还不时用舌头舔舔干裂的嘴唇："啊，真甜！"这时朱迪从内心有点佩服金瓜了，竖起大拇指，"金瓜，你真有办法。金瓜，顶呱呱！"

闫小格揶揄地说："哟，今天太阳打西边出来喽，我们的朱迪同学知道表扬人了。"小伙伴们都笑了。

黄金瓜问道："怎么样？大家饿了吧？我们不能老吃野果了，我去找找别的食物。另外再去装一瓶矿泉水，作为我们的备用物资。"

朱迪摸摸自己的肚皮："嗯，最好来点荤的，我已经两天没见着肉了，瞧我的肚子都饿扁了。"

欧阳帅拍拍朱迪圆滚滚的肚皮："就你这些脂肪，就是再饿个七天八夜的也没问题。书上说了，脂肪厚的人在遇到灾难时会比那些没有脂肪的活得长久。"

朱迪骄傲的表情尽显:"哈哈,看来一切事物的存在都是有道理的,没想到我的肉肉成了我的骄傲。"朱迪随之又重重地拍了一下自己的肚皮,"加油!"

朱迪朝着欧阳帅打量了一番:"帅帅,你要多吃肉了,太瘦。还有你们几个小姑娘,不要整天吵吵着减肥。"

闫小格顺着他说:"是是是,在灾难面前,生命是第一位的,活着才是硬道理。"

欧阳帅进一步说:"朱迪,脂肪在关键的时候是能发挥作用,但不能过度肥胖,过度肥胖是不健康的,会引发很多疾病。"

黄金瓜无奈地说道:"哎,你们是不是不饿?都谈起养生了。"

欧阳帅笑着说:"金瓜,我们是在谈知识聊人生,这就是所谓的苦中作乐,笑谈人生,懂不?"

黄金瓜自嘲地说:"好吧,我不懂。你们原地不动慢慢聊,我去找野味,顺便再带些水回来。"

黄金瓜带上空矿泉水瓶往山涧的方向走。在路上碰到了几个鹌鹑窝,他带走了窝中的蛋,又去山涧打了一瓶水。几个小伙伴看着黄金瓜回来的时候满头大汗,头发上还沾了些枯黄的树叶和草,看来为找食物没少花工夫。

黄金瓜把裹着鹌鹑蛋的衣服轻轻放在地上:"小伙伴们,瞧我找到了什么好吃的了。"

大家凑过去看,是鹌鹑蛋,一靠近磕开口子的鹌鹑蛋,一股腥味便扑鼻而来。这种腥味特别浓烈,甚至让人感觉有点恶心,但饥饿让大伙都已招架不住。黄金瓜毫不犹豫地拿起生鹌鹑蛋,挤出蛋液倒进嘴里,有滋有味地吃起来。

欧阳帅、朱迪犹豫了好一会儿,但是看到黄金瓜吃得有滋有味的样子,再也抵抗不了肚子的抗议。他们俩死死地捏住鼻子,尽量不要闻到这刺鼻的腥味,勉强地吞咽鹌鹑蛋。朱迪边吃边遐想着,他眯着眼,舔着嘴唇称赞道:"大鸡腿真好吃!大鸡腿真好吃!"

欧阳帅转身劝慰女生们:"麦子、格格、Nancy,你们可以采用朱迪的遐想法,想象这是在吃鸡翅,在吃冰淇淋,你们就能吃下去了。刚刚我们还在讨论生存法,在这个关键时刻,活着才是硬道理。"

朱迪吓唬她们:"几个美丽的小仙女,这可是我们这两天弄到的最好的食物了,再不吃,小仙女就只能变成饿死鬼了。"

黄金瓜也劝慰道:"帅帅和朱迪说得都有道理。今天还很幸运,找到了鹌鹑蛋,这可是高蛋白食物,后面能不能找到食物都是个问号。"

朱迪把鹌鹑蛋捧在手里,举过头顶送到三位女孩面前:"亲爱的公主殿下,请用餐。"

朱迪的举动把三个小姑娘都暖化了,逗乐了。是呀,为了战胜困难,为了更好地生存,也只有豁出去了。麦子、格格、婷婷吃了几次,有点恶心得想吐,可还是强忍着咽了下去。闫小格恶心得直发抖,但为了活着,还是强迫自己吃了两个鹌鹑蛋。黄金瓜还舔了舔刚刚用来磕鹌鹑蛋的石头上的蛋液,并且把剩下的鹌鹑蛋装进了书包。

在行进的路上,朱迪背书包,欧阳帅、黄金瓜轮换着搀扶乔麦,闫小格、张婷婷跟随其后。黄金瓜突然惊喜地发现了几块小石头,他忙蹲下身子捡起四块石头递给朱迪。

黄金瓜说:"朱迪,把这几块石头装起来。"

朱迪看了看不起眼的石头,纳闷地问:"老大,有没有搞错?装着几块破石头不是增加负担吗?"

闫小格也很不解:"是呀,我们自己行走都困难,还要背几块破石头。"

其他人也好奇地看着黄金瓜。黄金瓜解释道:"这可不是普通的石头。"

朱迪很疑惑:"不是普通的石头,难道是金子?"

黄金瓜说道:"这叫燧石。"

欧阳帅忙跑到黄金瓜面前,抢过石头好奇地看着:"噢,这就是燧石呀!我知道,我知道,我在《百科全书》上看到过,燧石也叫火石,可以敲打取火。"欧阳帅举着石头向大家炫耀起自己的知识。

朱迪忙迎上去:"给我看看。"

闫小格也抢上前去:"给我看看。"

张婷婷也连忙凑上去:"我也要看。"

乔麦笑着说:"帅帅,看来喜欢看书挺管用嘛。"

欧阳帅骄傲地扶了扶眼镜:"那是,古人云,书中自有颜如玉,书中自有黄金屋。"

这时,一只可爱的小松鼠跳到树枝上,拉的粪便正好落到张婷婷的头上。张婷婷抬起头看看上空,用手摸摸头上米粒大小的粪便,大叫起来:"哎呀,这是什么呀?"

朱迪捂着嘴笑起来:"哈哈!好像是那只小松鼠的便便。"

张婷婷甩甩手,眉头紧皱:"啊,好恶心!怎么办?臭死了,臭死了。"

爱美的张婷婷用树叶不断擦手上和头上的粪便。小松鼠开心地在树枝上跳来跳去,它浑然不知自己的便便影响了赶路的少女。

欧阳帅惊喜地喊道:"哇,好可爱的小松鼠!以前只是在书上看到过图片,今天总算是看到活的了。"

　　张婷婷气愤地说:"可爱个头!"

　　闫小格望着小松鼠,开心地笑着:"确实好可爱。小松鼠,我们迷路了,能告诉我们回家的路吗?"

　　乔麦也惊喜地说:"是呀,小松鼠真可爱呀!"

　　黄金瓜对着大家说道:"我们赶路吧,在森林中我们会经常看到小松鼠的。"

　　朱迪连忙追问道:"还会看到别的小动物吗?"

　　黄金瓜肯定地说:"会呀,例如狼、狗熊、野猪。森林中随时都可能有危险,大家要紧紧地走在一起,不能单独行动。"

　　三个小姑娘都露出了惊恐的神色:"啊,还有狗熊、狼? 太可怕了!"

　　黄金瓜劝诫道:"所以我们六个人一定要走得紧紧的,千万不要单独行动。"

　　张婷婷号召大家:"我们一定要听从金瓜的指挥。"

　　大家像军人一样朝着黄金瓜敬个军礼,齐说:"是,长官。"

　　补充了能量,六个小伙伴铆足了劲行进在森林中,可是谁也没有发现危险正渐渐朝他们逼来。一头小野猪突然从远处窜出来朝朱迪的屁股顶去,把朱迪顶飞了好远。朱迪很自然地抱紧头,瑟瑟发抖地趴在地上一动不动。小野猪鼓足劲,虎视眈眈地瞪着他,准备再一次攻击。其他几个小伙伴见状,惊慌失措地傻站着,吓得不知如何是好。黄金瓜急中生智,捡起一根粗树枝朝着小野猪砸去,小野猪被砸得嗷嗷直叫,叫了几声后便飞快地逃窜了。黄金瓜再次捡起树枝赶野猪,直到野猪跑远了,才放下树枝。几个小伙伴吓得瘫坐在地上。朱迪吓得全身瑟瑟发抖,趴在地上把头紧紧埋起来不敢抬头:"呜呜呜,我怎么这么倒霉啊? 我的屁股! 快帮我看看野猪跑了没?"

欧阳帅告诉他:"没事了,朱迪,野猪被金瓜赶走了。"

朱迪捂着眼睛,从地上爬起来,透过指缝往外看,看看确实没事了,一屁股坐在地上:"哎哟喂!"朱迪摸着屁股,又揉了揉,"哎哟喂! 丢死人了,我这屁股只有小的时候奶奶亲过,今天却被野猪给吻了,我、我还有脸见人吗? 简直太丢人了!"

只见朱迪的裤子湿了一大片,他吓尿了。

张婷婷捂着嘴笑着:"呵呵,朱迪,你也有今天呀!"

闫小格带着威胁地说:"朱迪,你现在可是有把柄在我们手上了,所以你要学乖点,不然我们会爆料的。"

乔麦附和道:"对。"

朱迪捂着裤子:"格格小姐,请嘴下留情呀!"

大伙都被朱迪逗笑了。

欧阳帅感慨地说:"你呀,今天没喂了野猪真算是幸运了。你要感谢金瓜。"

朱迪拱手向金瓜表示感谢:"是的,是的。老大,谢谢你救了我这条小命!"

黄金瓜说道:"不谢,我们还不知什么时候才能走出去,大家一定要团结。"

几个小伙伴把手叠在一起:"加油!"

18.森林第二夜

太阳西下,余晖斜射进森林,六个小伙伴披着霞光,给原始森林增添了活力。太阳渐渐隐去,天快要黑了,再往前望去,大家远远地看见了一个小山洞。朱迪开心地叫起来:"耶,今晚可以睡山洞里了,我们终于有个暖和的地方落脚,不会挨冻了。"说完,朱迪迫不及待地向山洞冲去。

黄金瓜连忙拦住朱迪:"等等,我先进去打探一下。"

大家疑惑地目送黄金瓜走进山洞。

黄金瓜走进洞里,将每个拐角都扫视了一遍。他发现了动物的粪便,用手捏了捏,然后在裤子上擦擦,走出了山洞。

黄金瓜出来后对大家说:"走,这个山洞不能住。"

朱迪一屁股坐在地上,不愿离开:"为什么? 好不容易找到个安乐窝,我走不动了,今晚我就睡在这。"

张婷婷也问道:"是呀,为什么要离开? 我们都走累了。"

黄金瓜走过去拉着朱迪:"走,朱迪,天快要黑了,野狼很快就要回窝了。野狼的领地意识非常强,我们在这里有危险。"

朱迪不解地说:"你睁着眼睛说瞎话,哪来的野狼?"

黄金瓜劝着朱迪:"朱迪,相信我,走吧。"

乔麦战战兢兢地说:"朱迪,我们要相信金瓜的判断,听从金瓜的指挥。"

欧阳帅附和道:"对,服从命令,听从指挥。"

闫小格也走上前拉朱迪:"朱迪,走吧。"

朱迪无奈地从地上爬起来:"哦,好吧。"

正在大伙离开洞口的时候,森林中出现了一声狼嚎。这狼嚎打破了森林的寂静,在冷峻的原始森林里显得格外清晰,而且声音很近,似乎就在旁边。

黄金瓜向小伙伴们做了个闭嘴的手势:"嘘,我们躲到灌木丛后,别出声。"

气氛紧张起来,又是一声狼嚎,声音很响亮。躲在灌木丛后面的小伙伴们看见两只灰色的野狼慢悠悠地朝着山洞里走去,身后还跟着三只小野狼。小伙伴们害怕极了,心都提到了嗓子眼。朱迪、乔麦吓得浑身直发抖。等野狼进洞后,黄金瓜招呼大家伙赶快离开。

黄金瓜朝大家挥挥手:"快跑,离开这里!"

六个小伙伴只想尽快离开这危险之地,寻找另一个安身之处。孩子们一边猫着腰快速地、安静地逃跑,一边还有些心有余悸。几天前,这几个孩子怎么也想象不到他们居然会见到真正的野狼,而且还和野狼擦肩而过。

他们离开那个有野狼的山洞很远之后,又发现了一个山崖下的空地,这里也是个挡风避雨的好地方。

黄金瓜招呼大家歇下来:"嗯,小伙伴们,这里是个睡觉的好地方,我们今晚就在这里露宿。"

大家分工,找树叶,拾枯枝。

天已经黑下来了,朱迪拿出背包里珍藏的燧石递给黄金瓜。黄金瓜使劲地摩擦着,偶尔有火花迸射,但是很难点着枯叶。黄金瓜有些无奈,又想到了什么,转过头对欧阳帅说:"帅帅,这个枯叶有些难以点着,能不能从你的书里撕一小片纸给我?纸片应该好着一些。"

欧阳帅一听要撕书,条件反射地摇摇头:"那哪儿行?不行不行,书就是我的命,是最重要的财富,你居然想到撕书,简直太有辱斯文了!"

坐在边上的朱迪这次帮黄金瓜说起话:"嗨,金瓜既然说要撕书,那肯定是有他的道理啊,现在都这么紧急了,咱们要是走不出原始森林,那可真没命喽。"

黄金瓜表情也十分严肃:"是的,山里面除了有狼,还有其他野兽,昨晚咱们太太平平睡了一晚上是运气好,今晚可就不一定了。在野外过夜,还是有火比较安全,可以防备野兽侵袭,而且还能取暖、加热食物等。"

"是啊,帅帅,"闫小格也开了口,"咱们已经看到了,森林里有狼,晚上要是没有火,被狼叼走了怎么办?现在只有你有书,拜托啦!"

欧阳帅吓得一缩脖子,终于慢吞吞地把《百科全书》拿出来,递给黄金瓜,又是心疼,又是一脸大义凛然的表情:"金瓜,你、你少撕一点哦。"

黄金瓜点点头,接过被欧阳帅视若珍宝的书。黄金瓜翻开书,找到一页干燥的没有什么内容的书页,撕一角下来,而欧阳帅全程扭过头,不忍心看自己的宝贝书被撕页的过程。

黄金瓜把纸放在枯叶上,再次用石头朝着纸不停地摩擦,其他人都紧张地注视着。一星掉下来的小火花终于慢慢地引着了纸张,升起了一点淡淡的烟,但是还没有明火。黄金瓜连忙趴在地上,对着纸点着的地方吹气。纸被点着的部分慢慢向外扩展,变成焦灰色,纸下垫着的枯叶也被点燃了。黄金瓜再接再厉,对着燃点继续吹气,飘出来的小小的烟雾让他激动不已。朱迪、欧阳帅也趴在地上帮忙吹气。几个人努力了许久,终于见到了一个小火苗。有了明火,烧起来就快了,几个女生连忙将早就准备好的枯叶抱过来,不一会儿,终于有了一个小火堆。

闫小格兴奋叫道:"啊,有火了,有火了!"

张婷婷也开心喊起来:"哦耶,着了,着了!"

火光把崖洞照亮,大伙儿脸上都露出了灿烂的笑容。此时,孩子们都十分兴奋,在原始大森林里燃起篝火对于在城市长大的孩子来说毕竟是新鲜事。

"好暖和呀!"

"是呀,多温暖、多美的篝火呀!"

"今晚可以美美地睡一觉了。"

三个女生无不感慨地说。

朱迪站起身,扭动着身子:"哦耶,太棒了,我们可以开个篝火晚会了。"

欧阳帅斜了他一眼:"你就知道玩。有了这堆篝火,野狼就不敢靠近我们了,金瓜,对吧?"

黄金瓜笑着点点头:"没错,这还要感谢你的贡献呢,帅帅。"

提起狼,这勾起了朱迪的疑问:"对了,金瓜,你怎么知道刚才我们去的山洞里有野狼?"

闫小格提出同样的疑问:"对呀,你是怎么知道的?"

黄金瓜说:"我在巡视山洞时,发现拐角处有野狼的粪便,而且还是湿的,所以我判断山洞里一定住着野狼。这还是小时候我跟我们村里的猎户叔叔上山玩见到粪便,猎户叔叔告诉我的。"

朱迪朝金瓜竖起大拇指:"哦,原来如此! 金瓜,牛,佩服,佩服!"

欧阳帅若有所思地说:"嗯,看来真理来自于实践。"

张婷婷拍了一下欧阳帅的肩膀:"帅博士,有长进。"大家都笑了。

有了火就可以烤鹌鹑蛋吃了。黄金瓜找来一块非常薄的石板,把鹌鹑蛋整齐地摆放在石板上。通红的火焰炙烤着石板,金瓜用两根树枝灵巧地夹住鹌鹑蛋翻着,让鹌鹑蛋均匀受热。小伙伴们有的蹲着,有的坐着托着腮,有的不时地给火堆加柴火,很快崖洞里便飘散着鹌鹑蛋的香味。

朱迪已经馋得不行了,吞了好几次口水:"好香呀,可以吃了吗?"

黄金瓜看火候也差不多了,点点头:"可以了,开吃。"

小伙伴们用树枝当筷子夹着蛋吃。朱迪觉得用"筷子"不方便,干脆用手拿,因太着急,烫得直叫唤:"好烫,好烫!"鹌鹑蛋在他手里倒腾来倒腾去。

闫小格提醒他:"朱迪,你慢点,别烫着。"

小伙伴们一边吃着鹌鹑蛋,一边吃着野果,美美地享受着大自然赐给他们的美味。

一顿饱餐之后,大家相互依偎着,在温暖的崖洞里进入了梦乡。睡梦中,朱迪梦见了冰淇淋,抱着黄金瓜的脚就舔起来。黄金瓜睡梦中感觉脚痒痒的,在梦中笑着。

黄金瓜的爸爸曾是蓝天救援队的志愿者,有救援经验。深夜,在黄金瓜爸爸的带领下,家长们和学校领导们在当地的陪同下,打着手电筒在原始森林里四处寻找着,眼睛里都充满着伤痛、无奈。有的家长衣服被剐破了,有的手上、脸上被剐伤了,但大家根本没有察觉到,都沉浸在寻找孩子的念想里。

闫小格爷爷眼睛里噙满了泪水,焦急地在森林里喊着:"格格——格格——"

张婷婷妈妈的声音也变得嘶哑了,她有气无力地唤着女儿的名字:"婷婷——婷婷——"

沉寂而冷峻的原始森林里回荡着家长们的呼喊声,但是没有一棵树木、一片树叶懂得他们此时的心情,它们仍在自由自在地吹着风,安静地等待着黎明的到来。

闫小格爷爷因为伤心过度有好几次差点摔倒,多亏黄天顺在一边扶着。黄天顺搀扶着格格爷爷,在大山里搜寻着:"格格爷爷,慢点,慢点。"

19. 状况不断

第二天天气转阴,整个原始森林里灰蒙蒙的,有些让人窒息。黄金瓜吹出公鸡打鸣声把大家叫醒了。因为昨晚的篝火让山崖变得十分温暖,所以小伙伴们睡得都特别香甜,大家都懒洋洋的,不愿起来。

黄金瓜催促大家:"我们还要赶路,都起来吧。"

大家纷纷起床。爱美的张婷婷总是不忘把她的发型整理整理。闫小格、乔麦也起来了,各自整理衣服,都把自己的辫子重新扎了一下。

黄金瓜指挥朱迪:"朱迪,我们检查一下火堆是不是都熄灭了。"

朱迪好奇地问道:"为什么?"

黄金瓜说:"这是原始森林,一点点火星就会把整个森林烧着,那后果可不堪设想。"

朱迪恍然大悟:"金瓜,你说得对,宋老师经常教育我们要保护环境,保护我们赖以生存的地球。"说完,朱迪和黄金瓜就走上前,将还带有火星的火堆踩灭。

闫小格关心道:"金瓜、朱迪,你们小心点。"

张婷婷、乔麦也关心道:"你们小心点,别烫着。"

欧阳帅还躺着没起来,黄金瓜走过去喊他。欧阳帅用微弱的声音说:"金瓜,我头好疼,起不来。"

黄金瓜摸摸欧阳帅的额头,好烫!欧阳帅发烧了。

闫小格走到欧阳帅身边问道:"帅帅,怎么啦?"

黄金瓜说:"发烧了。"

乔麦紧张起来:"啊,发烧了,那怎么办?"

闫小格摸摸欧阳帅的额头。张婷婷也跑过来摸摸:"好烫呀!"

朱迪着急地喊道:"啊,帅帅不会死吧?"

张婷婷白了他一眼:"呸呸呸呸,乌鸦嘴。"

闫小格也不满地说:"朱迪,不会说话就别瞎说。"

乔麦也跟了一句:"是呀,别瞎说。"

朱迪拍了拍自己的嘴巴:"呸,我这张乌鸦嘴该打,该打。上天保佑帅帅不要死,上天保佑。"

张婷婷看了看黄金瓜:"金瓜,现在前不着村后不着店的,怎么办?你快想想办法。"

黄金瓜对大伙说:"你们照顾一下帅帅,我去看看能不能找到中草药。"

闫小格说:"好的,我来照顾帅帅,你快去吧。"

朱迪保证道:"金瓜,你放心,我们会照顾好帅帅的。"

黄金瓜担忧地看了眼帅帅,快步走去,临走时还顺便把欧阳帅的外套带上了。

此时的欧阳帅烧得很厉害,躺在朱迪的腿上打着摆子,他的嘴唇已经烧得开裂、起疱,嘴里一直说着胡话。看着欧阳帅痛苦的样子,大家干着急却无可奈何。六个小伙伴,一个受伤,一个生病,大家个个耷拉着脑袋,像一朵朵晒蔫的花儿,失去了朝气,更失去了活力和勇气。此时,其他几个小伙伴好想哭,好想痛痛快快地大哭一场。为了保存体力,为了好好地活着,这时候不能哭,要坚强,特别是在发高烧的帅帅面前,更要学会坚强。

很快,黄金瓜带着一些吃的和中草药赶了回来。大家一看到黄金瓜,立马又燃起希望,打起了精神。黄金瓜先把在外面浸湿的欧阳帅的外套稍微拧了一下,叠好覆在帅帅额头上物理降温,然后又把中草药往欧阳帅嘴里塞,欧阳帅勉强咀嚼并咽下。

黄金瓜轻声地安慰欧阳帅:"帅帅,这是柴胡,清热解毒,吃了它,病会很快好起来的,坚持住,你一定要坚持住。"

小伙伴们看到黄金瓜如此悉心地照料欧阳帅,如此细致地给他喂药,个个都感动至极,对黄金瓜多了一分敬佩和信赖。给欧阳帅喂好药之后,休息片刻,黄金瓜又为同学们拿出早餐:一些蘑菇和草叶。

"来,我找了些蘑菇和草叶,大伙先充充饥,等欧阳帅好一点,我们还要赶路。"黄金瓜招呼大家道。

闫小格问:"这蘑菇能吃吗?"

张婷婷说:"金瓜,有的蘑菇是有毒的。"

欧阳帅用微弱的声音提醒大家:"Nancy说得对,我从《百科全书》上看过,那些外表鲜艳、漂亮的蘑菇可都是毒蘑菇,而且一旦误食,抢救不及时会送命的。我已经病了,你们别再有什么闪失了。"

朱迪惊恐地说:"啊,太可怕了!"

黄金瓜安慰道:"帅帅,你不舒服就别说话了,好好休息。是的,这深山老林里有好几百种蘑菇,那些生长在粪便及潮湿的地方、颜色鲜艳的蘑菇是有毒的。那些生长在松树旁边干净的地方、被虫咬过的蘑菇是没毒的。我采的这些蘑菇是没毒的,放心吃吧。"

大家都吃起蘑菇,虽然很难下咽,但为了活命,只好忍耐着。

黄金瓜把剩下的蘑菇及中草药装进了书包以备急需。

吃过中草药之后，欧阳帅稍微好些了，也有了精神，黄金瓜就搀扶着他开始赶路了。突然，朱迪捂着肚子跑到一棵粗壮的树旁边，脱下裤子就拉，他已经来不及跑远了。闫小格、乔麦、张婷婷赶忙不好意思地扭过身子避开朱迪。朱迪"嗯嗯"地发出声音，臭气熏天，拉完后捡起一片落叶擦擦屁股走了回来。

朱迪捂着肚子："哎哟喂，肚子好疼呀！"说着，还没等裤子拎起来，他又跑到一边拉起来，拉完后捂着肚子有气无力地走回来。黄金瓜把朱迪身上的书包拿下来背在自己身上："朱迪，你是不是乱吃什么东西了？"

朱迪说："没有呀，就是个小野果。"

欧阳帅无奈地说："你这个馋猫，又背着我们偷吃。我们让你背书包是为了保管'粮食'，不是让你偷吃的。"

朱迪不好意思地说道："我……我……这不是太饿了吗？"

黄金瓜问："你吃的什么呀？"

朱迪从口袋里掏出好几个野果子递给金瓜。

黄金瓜接过野果看了看："朱迪，你吃了多少个？"

朱迪回道："两个。"

黄金瓜惊恐万分："你是不要命了！这是蓖麻子，也叫大麻子，是一种中药。我采它是为了与其他中药搭配外敷治病的，不能直接食用，如果一次吃上五六颗会中毒身亡的。"

闫小格一下子慌了："这可怎么办呀？"

张婷婷用乞求的目光看向黄金瓜："金瓜，你有经验，怎么办？"

乔麦也急了："是呀，金瓜，快想想办法。"

朱迪急得原地乱蹦："怎么办？怎么办？我蹦，我蹦，我蹦蹦蹦蹦,蹦出毒液就好了。"

黄金瓜连忙制止:"朱迪,别蹦了,这种办法解不了毒的,再蹦会更严重的。"

听了黄金瓜的话,朱迪吓得够呛,脸色煞白,他一把抱住金瓜:"金瓜,救救我,救救我!"

黄金瓜说:"朱迪,赶快吐,赶快吐出来,这样可以减少毒液的吸收。"

朱迪疑惑地看着金瓜:"吐,怎么吐?"朱迪蹲下身,却怎么也吐不出来。

黄金瓜走过去:"我来帮你,张开嘴。"

黄金瓜把两根手指头伸到朱迪的舌根处,使劲一压。朱迪恶心地吐了,但是吐得不多。

黄金瓜对他说:"朱迪,你自己把手指伸进去压到舌根处,使劲把自己抠吐。"

朱迪按照黄金瓜的方法,让自己吐得两眼流泪,胆汁都快吐出来了。为了活命,朱迪豁出去了。黄金瓜不停地拍打着朱迪的后背帮其催吐。其他人都紧张地看着朱迪,非常着急却又不知所措。

黄金瓜眼睛一亮,说道:"看,那边好像有条小溪。走,我们赶快到小溪边喝水补充水分,水可以稀释体内的毒液。"

黄金瓜架着朱迪来到小溪边。朱迪趴在溪边,拼命喝起溪水,总算缓过一点劲。

黄金瓜长舒了一口气道:"朱迪,你算是捡回了一条命。第一,你吃得不多;第二,发现及时,自救及时。"

欧阳帅揶揄地说:"朱迪,看你以后还敢不敢乱吃东西了。"

朱迪头摇得像拨浪鼓:"再也不敢了,再也不敢了,打死也不敢乱吃东西了。"

闫小格提醒大家:"这次朱迪中毒事件给我们提了醒,以后大家在饮食上都要听从金瓜的安排,他比我们都有经验,知道什么能吃,什么不能吃。"大伙纷纷点点头表示赞同。

欧阳帅有气无力地补充道:"纸上得来终觉浅,绝知此事要躬行。还是实践出真理,金瓜同学是个真正的实践家,我要向你学习。"小伙伴们是越来越崇拜黄金瓜了。

金瓜也郑重地点点头,说:"是这样的,在饮食上大家一定要当心,森林里的东西能不能吃一定要先问我,包括用水也要注意安全。我找的都是流动的活水,是溪水,而且小溪边还有动物饮水,这样的水比较安全。但是有些湖泊,不流动的水,即使看起来非常清澈也不能喝,里面有大量微生物,人喝了是要出事情的。"

小伙伴们看到黄金瓜这么严肃的表情,都郑重地点点头表示记住了。大家在溪水边补充好水分,又用矿泉水瓶子打了满满一瓶水备用。

这是一条清澈见底的小溪,溪水潺潺地流淌着,发出的哗哗声十分悦耳。溪底还有石斑鱼在游来游去。闫小格看到可爱的鱼儿,开心得跳起来:"鱼、鱼。"

朱迪取笑闫小格:"瞧你一副没见过世面的样子,不就是几条鱼吗,至于这么兴奋吗?"

黄金瓜看到有鱼,也异常兴奋,这可是他们目前误入原始森林后最好的食物。捉鱼也是他拿手的好戏。黄金瓜迫不及待地脱下鞋子,卷起裤脚,跳下小溪去捉鱼。

朱迪站在溪边,兴奋地指挥着:"金瓜,那边,在那边,快逮,快逮!"

闫小格手舞足蹈："金瓜,你的左边,在你的左边有一条大的,大的,快,下手!"

张婷婷大声喊叫:"右边、右边,在右边。"

欧阳帅站在溪边,急得直跺脚:"快快快,金瓜,抓住它,抓住它!"

朱迪、欧阳帅实在是忍受不了这种光指挥不能动手的感觉,他俩也忙卷起裤脚下到溪里捉鱼,可是野生鱼儿那是真狡猾,跟朱迪、欧阳帅玩起了捉迷藏,一会儿窜到东,一会儿窜到西。他俩在水里扑腾了好久也没抓到一条鱼,而黄金瓜却已经捉好几条扔到岸上了。被扔到岸上的鱼甩着尾巴跳着想要重新回到水里,可是又被几个女生拦住了退路,这下可是没有办法了。

闫小格开心地拍手叫道:"太棒了,太棒了,金瓜我好崇拜你呀!"

乔麦也兴奋地喊道:"金瓜,你真厉害,我也好崇拜你呀!"

朱迪看到乔麦表扬黄金瓜,心里可不是个滋味:"麦子,还有我呢,我不厉害吗? 是谁给你巧克力吃的?"

乔麦笑了笑:"是是是,你也厉害,怎么一条鱼都捉不到?"

张婷婷掩着嘴嘲笑朱迪:"哦,麦子崇拜金瓜,朱迪吃醋了。"

欧阳帅也在跟着起哄:"哦,朱迪吃醋了,吃醋了。"

小伙伴们都开心地笑起来,此时此刻的六个孩子沉浸在幸福的时光中,这是他们遭遇灾难之后第一次这么兴奋、开心。在灾难面前,乐观会战胜一切。

朱迪又开始遐想起来:"如果现在有渔网等捕鱼工具就好了。"

黄金瓜胸有成竹地说:"我来做两个渔叉。"

欧阳帅问道:"渔叉,怎么做?"

"你们等着。"说完,黄金瓜爬上岸,朝树林走去。

朱迪、欧阳帅都从小溪里爬上岸,随后两个人坐在溪边的石头上休息,等待黄金瓜的"杰作"。黄金瓜跑到岸边的林子里去寻找可以做叉子的木棍,很快他就找来两根都带有分叉的木棍,他从书包里拿出水果刀把分叉的树枝削尖。小伙伴们围着他,非常仰慕地看着,期待着捕鱼工具的问世。

很快,两支锋利的渔叉做好了,黄金瓜高举着渔叉,在小伙伴们眼前晃悠,大伙鼓掌庆贺捕鱼工具制作成功。

朱迪拿了一支,欧阳帅拿了一支。

朱迪羡慕道:"哇,利器。"

欧阳帅反驳道:"不,是神器。"

张婷婷向金瓜伸出大拇指:"金瓜,金瓜,顶呱呱。"

闫小格、乔麦也竖起了大拇指。

朱迪举起渔叉跑到小溪里:"我要试试这神器的威力。"

欧阳帅摇摇头:"我看悬。"

三位女生也不信任地摇摇头。

朱迪不服气:"别小瞧我,神器在手,一切皆有可能。"

朱迪再次下水,看到鱼就瞄准叉下去,可是鱼却从容地跑了。朱迪在水里不停折腾,嘴里还有节奏地喊着:"我叉,我叉,我叉叉叉。"小溪里不时地溅起朵朵浪花,溪边林中的小鸟都被朱迪这气势吓得飞走了。

站在岸边的小伙伴们看到朱迪笨拙的动作都笑了。

欧阳帅喊道:"朱迪上来吧,还是看金瓜的。"

张婷婷也开始起哄:"对,上来吧,别费劲了。你把吃奶的劲都用上了,还是一无所获。"

朱迪垂头丧气地上了岸,人也累得不行,一屁股坐在地上又躺了下来,嘴里无奈地念叨着:"唉!悲催呀,一个大活人活生生被鱼儿打败了。"

黄金瓜拿着渔叉再次下水,小伙伴们屏住呼吸,静看黄金瓜捉鱼。只见黄金瓜死盯着鱼,瞄准目标迅速下手,还预估了鱼的行动路线和逃跑的速度,留了一点提前量,这下果然叉到一条鱼。大家叫起来:"抓到了,抓到了!"

张婷婷:"帅,太帅了!"

小伙伴们有节奏地齐喊:"金瓜,顶呱呱;金瓜,顶呱呱;金瓜,顶呱呱。"

黄金瓜爬上岸,用水果刀剖开几条鱼的肚子,掏出内脏,洗干净。大家都十分期待今天的美餐。

黄金瓜在岸边找了块平坦的空地,朱迪、欧阳帅、张婷婷、闫小格纷纷动手找来了枯枝败叶。黄金瓜把细竹棍削尖,把捉到的八条鱼串了起来,用燧石打着了一堆火,开始烤起了鱼。不一会儿,空气中散发出鱼的香味,在森林中慢慢扩散。对于这几个孩子来说,仿佛闻到了厨房的味道,闻到了妈妈的味道。朱迪馋得直舔嘴唇,其他的小伙伴也直咽口水。

对于肉食爱好者朱迪来说,这是一件极令人兴奋、幸福的事:"啊,马上就有荤的啦!人间美食即将问世!"

就在大伙摩拳擦掌准备美美地饱餐一顿时,突然下起了雨。雨虽然不大,却一直在下,渐渐浇灭了火焰。小伙伴们迅速跑到林子里找到树叶浓密的地方避雨,无助地看着雨一个劲地下着。

朱迪深深地、惋惜地叹了一口气:"唉!老天爷呀,你睁开眼看看我们几个小可怜吧,这马上就要到嘴的美食给你这么一下雨就完犊子了,你好歹等我们把鱼烤熟了再下。"

欧阳帅也有点沮丧:"嗯,是呀,老天爷太不给力了,这不是在故意捣乱吗?!"

黄金瓜安慰大家:"其实,没关系的,有两条鱼已经烤得差不多了,其他几条鱼应该也快熟了。古时候,祖先没有学会使用火时,不就吃生的吗?"

闫小格补充道:"是呀,三文鱼就是吃生的。"

乔麦看出小伙伴们有些失望,忙跟着安慰:"是的,很多餐厅的自助餐里就有生鱼片。"

张婷婷也不甘示弱,在晒个人优越生活方面,她一向高调:"对,我也吃过生鱼片,味道有点腥,但鲜嫩鲜嫩的。"

一提到自助餐,朱迪的饥饿感就更强烈了,脑子里浮现的都是品种丰富的自助食品,他恨不得马上就把这鱼生吞到肚子里。他忍不住地叫起来:"我不管了,我要吃,我可不能亏待我这个肉乎乎的肚子,关键时它能保证我活得比别人长久。"

欧阳帅白了他一眼:"朱迪,瞧你脑袋里装的都是啥?"

朱迪不服气地朝欧阳帅做了个鬼脸。

黄金瓜建议道:"朱迪,麦子受伤了,还是先给她吃吧。"小伙伴们都举双手赞成。

黄金瓜把鱼串递给麦子,麦子吃了一口又传给闫小格,闫小格又传给朱迪,就这样鱼串在六个小伙伴中传递着,充满着温馨,充满着温情,充满着温度,沉甸甸的爱在彼此的关爱中流淌,大家津津有味地品尝着美味烧烤。美味在小伙伴们的嘴里久久留存,这是在城市生活时享受不到的大自然的赏赐,六个孩子将终生难忘。

一顿美味的烧烤吃完后,雨也停了。山里的雨就是这样,来得很急,去得也很快。

黄金瓜站起身对小伙伴们说:"亲爱的战友们,革命尚未成功,同志仍须努力,吃饱喝足了,咱们出发。"

小伙伴们起身准备出发,可是乔麦实在是很难挪步了,她疼得直哼哼。

闫小格心疼道:"麦子,你怎么样了? 能不能走?"

乔麦忍着剧痛,想试着挪步:"呀,腿好疼,好疼。"

张婷婷忙跑过去搀扶乔麦:"你没事吧? 我来扶你。"

黄金瓜走到乔麦跟前:"我来看看。"说完,黄金瓜拆开麦子的包扎,发现麦子的腿肿得非常厉害,伤口都化脓了。

黄金瓜严肃地说:"看来麦子不能再自己走路了,再这样走下去会让伤情越来越严重的。"

乔麦难过地望望伙伴们,做出了一个决定:"伙伴们,我不能拖累大家,你们走吧,别管我了,等你们走出老林再找人来营救我。"

朱迪蹲在乔麦面前:"来,麦子,我背你。"

欧阳帅鼓励道:"对,麦子,别说丧气话,我们六个人要齐心协力走出森林,一个也不能少。我也可以背你。"

黄金瓜说:"我们还不知道什么时候才能走出去,光靠大家轮流背是吃不消的。"

闫小格很是担心:"那怎么办?"

张婷婷拍拍乔麦的肩膀:"麦子,我们不会丢下你的。"

张婷婷看了一眼黄金瓜,投去求助的目光。

黄金瓜安排道:"这样,格格、婷婷你俩照顾麦子。朱迪、欧阳帅跟我来。"

欧阳帅、朱迪立即齐声说道:"哎,好的。"

　　黄金瓜、朱迪、欧阳帅满头大汗地抱来了两根木棍和一大抱青藤从远处赶回来。

　　黄金瓜对大家说:"伙伴们,我们可以利用这些材料做担架,动手吧。"麦子感激地望着大家,一股股暖流在心底流淌着,她好想去抱一抱每个关心她的小伙伴。此时此刻,乔麦有很多话想说但是说不出来。过了好一会儿,一副用木棍、青藤做成的担架出现在大家面前。这是用爱制作的担架,它承载了五个小伙伴的汗水和智慧。黄金瓜在乡村学到的技能在这个大山里发挥得淋漓尽致。

　　能为伙伴们做好服务,不辜负宋老师在危难时刻的嘱托,黄金瓜心里还是很开心的,他希望自己能有这个能力带领大家走出森林,走出困境:"耶!担架做好了。格格、婷婷你俩负责轮流背书包,我们三个男子汉轮流抬着麦子向前冲。"

　　大家做了个军礼姿势:"是,长官。"

　　随后小伙伴们高唱起来:"向前冲,我是一阵风;向前冲,飞跃南北西东;向前冲,我是一杆旗,冲在最前面,跨越每个巅峰……"

　　乔麦看着小伙伴们斗志昂扬,很是欣慰。大家为了走出深山老林已经够辛苦、够劳累的了,现在还要照顾她,用担架抬着她行进,她实在不忍心小伙伴们为了自己受苦受累。

　　乔麦再次说道:"算了,金瓜,你们走吧,别管我了,我真的不想连累大家。"

　　闫小格鼓励道:"麦子,你坚强点!"

　　张婷婷也安慰她:"对呀,麦子,坚强点,你看我们这么辛苦做好了担架,一定会带着你走出困境的。"

　　朱迪拍着胸脯说:"麦子,有我呢,我不会丢下你的。"

　　黄金瓜表情坚定:"就这样决定了。麦子,为了宋老师,我们也要好好地活着。"

闫小格赞同道:"是呀,麦子。"

张婷婷轻轻拍了拍乔麦的肩膀,鼓励她。

说到宋老师,大家都难过地掉下眼泪。黄金瓜心里最难受,他永远不会忘记宋老师在危难时候那种期盼的眼神,她期盼孩子们一个个都能平安无事。乔麦再怎么不愿意拖累小伙伴们,但是为了宋老师,为了不辜负小伙伴们的用心,她一定要好好地活着。

黄金瓜抹抹眼眶里的泪水,伸出手:"来,加油!"小伙伴们手叠在一起相互鼓励:"加油!"

黄金瓜、欧阳帅一前一后抬着乔麦。乔麦躺在担架上,时常提醒抬担架的两个小伙伴:"你们如果觉得累了就停下来歇歇。"张婷婷、朱迪也一左一右地在担架的两侧搭把力,朱迪还扛着那支渔叉,精神抖擞,显得特别神气。小伙伴们尽管很累很辛苦,但始终保持着灿烂的、迷人的微笑。他们比想象中坚强,比在城市里生活安逸时坚强,同时他们也非常勇敢,他们昂首阔步地行进在原始森林里,像凯旋的战士们一样精神抖擞。风儿为他们歌唱,鸟儿为他们舞蹈,风声、鸟鸣声和孩子们的笑声融合在一起,此时此刻显得格外和谐!

这时,一只外出觅食的灰色野兔出现在他们前方,黄金瓜小声向大家示意:"嘘!把担架放下来。"

朱迪警惕地向四周扫视一下,小声地问道:"怎么啦? 怎么啦? 有蛇? 是不是有蛇?"

黄金瓜摇摇头,小声答道:"兔子。"

大家轻轻地、小心翼翼地放下担架,乔麦坐了起来,大家都停在原地不动,屏住呼吸,生怕惊动了那只可爱的野兔。

黄金瓜从地上捡起一根短短的圆粗木棍,瞄准后朝目标砸去。圆木棍在空中划出一道优美的曲线,不偏不倚正中野兔的头部,野兔当场被砸晕了。

大家又一次被黄金瓜的举动惊呆了。

欧阳帅情不自禁地赞叹道:"我的个神嘞,我真是被我的小伙伴惊呆了!"

朱迪拍手叫道:"酷!帅呆了,酷毙了!"

张婷婷又要起了她喜欢的英文表达方式,朝着黄金瓜竖起大拇指:"Fantastic(好极了)!"

闫小格瞪大眼睛:"金瓜,太厉害了!"

乔麦也无比震惊:"哎呀,跟放电影一样,简直不敢相信。金瓜,你太神了!"

黄金瓜跑过去提起战利品,用一根藤蔓拴住,再用水果刀给兔子来了一下,把兔子挑在了渔叉上,这可是名副其实的战利品。

黄金瓜骄傲地说:"朱迪,你负责保管,等到晚上我们烤着吃。"

朱迪拎着兔子,闭上眼享受着,好像正在吃着美味:"太好了!我好像都闻到了兔子的香味了,终于又可以开荤了。"

能吃上肉食,这是目前大家迫不及待想要实现的愿望。欧阳帅也特别想开荤了,但他又是个动物保护志愿者:"是呀,我们终于可以吃上肉了。可是,书上说过我们要保护野生动物的。"

保护野生动物,人人有责,但在性命攸关的时刻,朱迪还是选择先保全自己:"书呆子,你说得一点没错,但现在保命最重要。"

黄金瓜赞同朱迪的说法:"是的,我们现在最重要的任务就是想办法让自己生存下来,然后走出深山老林。"

闫小格说道:"在大自然面前,很多事是我们无法掌控的,我们需要保护环境、保护大自然,那也要在我们有能力的情况下,眼前,我们只能牺牲一下野兔,让我们更好地活着。"

乔麦诚挚地说:"感谢野兔为我们做出了牺牲!"

张婷婷也一脸真诚地道:"感谢大自然,感谢野兔!"

黄金瓜、欧阳帅抬起乔麦,朱迪挑着兔子,小伙伴们昂首阔步,踏上征程。

20. 废弃村落

夕阳的余晖照进森林,把一切都染成了金色。这是他们迷失的第三天。此时,欧阳帅满头大汗,脸涨得通红,明显有点累了。黄金瓜忙让欧阳帅停下来歇歇,换上朱迪和他抬担架。

欧阳帅接过朱迪身上的书包和渔叉,他扛着渔叉,渔叉上还挑着兔子,那模样像是刚从山上打猎凯旋,神气十足。闫小格、张婷婷依旧扶在担架的两边搭把力。黄金瓜带着几个小伙伴,凭着在山里的经验摸索着往山外走去,夕阳的余晖同时也把他们几个浸染了。

他们惊喜地发现了不远处的房子,是的,没错,是房子!他们不敢相信自己的眼睛,原地驻足了好一会儿。

朱迪激动地颤抖着说道:"金瓜,看,那是房子吗?是房子吗?"

黄金瓜也不敢相信,他们就这样轻易地找到了村落?有村落就有了希望。他望着远方,从惊喜中跳出来:"是,好像是!"

欧阳帅兴奋地喊道:"是,就是,房子,房子!"

这是个被群山环绕的小村落,村民们都迁出去了,现在是个无人村。大伙异常兴奋。朱迪和黄金瓜尽管抬着乔麦,但这也没有阻止他们兴奋的脚步,他们朝着村里冲去,朝着希望和光明冲去。

朱迪一边加快步伐,一边喊着:"我们有救了,我们有救了!"

很快他们就一头扎进了村子里,他们把乔麦放在村头的一棵柿子树下休息,其他小伙伴一家一户地寻找,却没有发现一户人家有人。十几户人家，房子大部分是危房，很多家里都是一片狼藉，没有任何家具，有的只是一些散落的杂物。大伙刚刚的那份喜悦、那份激动、那份希望一下子消失得无影无踪，又垂头丧气起来。

只有黄金瓜没有失落，他很清楚，有了村落，就能很快找到通往外界的光明之路。

黄金瓜看着小伙伴们像泄了气的皮球，忙安慰大家："亲爱的小伙伴们，我们要打起精神，虽然我们在村里没有找到人，但你们知道吗？这里有村落，很快我们就能找到通往外界的光明大道了。胜利就在眼前，我们要勇敢地向前冲。"

黄金瓜的话语鼓舞了大家，本来失望的小伙伴们重新燃起了希望，开心地唱起了歌："向前冲，我是一阵风；向前冲，飞跃南北西东；向前冲，我是一杆旗，冲在最前面，跨越每个巅峰……"

黄金瓜带领小伙伴们来到一家看上去还不错的、带一个小院子的瓦房里歇了下来。今晚终于可以住在房子里而不是露宿野外了，这待遇已经比前几天好多了，既更加安全，又更加舒适，适合疲惫的小伙伴们恢复体力。

黄金瓜对大伙说："格格、婷婷照顾好乔麦，我们三个去找吃的。"

平时在城市里一直娇生惯养的闫小格却主动开了口："金瓜，欧阳帅和朱迪一路轮换着抬乔麦，你看他俩已经累得不行了。找食物这活不累也不危险，要不让我和张婷婷陪你去吧？"

张婷婷也点点头表示同意："是的，每次都让你们去找吃的还挺不好意思的，我们女孩子可是巾帼不让须眉，这次就让我们去吧。"

黄金瓜看着瘦弱的直流汗的欧阳帅，以及满头大汗、气喘吁吁的朱迪说:"行,这倒是我疏忽了。帅帅、朱迪,这次就你俩留守吧,好好照顾乔麦。"

两个男生看见女生主动请缨有些不好意思,虽然已经累得不行了,还是摆摆手:"不累不累,我们还行。"

乔麦知道两个男孩子的心思,开了口:"帅帅、朱迪,不是说你们不行,只是也给女孩子们一个表现的机会嘛。这次你们就留下来陪我说说话吧!"

黄金瓜也帮腔道:"嗯,就这么定了吧。欧阳帅、朱迪,你们好好休息,恢复体力,这样明天才能继续护着乔麦往前走啊。"

"那好吧。"

两个男孩子朝动力满满的闫小格和张婷婷挥手告别。欧阳帅揉揉瘦弱的酸痛的胳膊,朱迪摸摸自己胖胖的肚子,他们俩不约而同地下定决心,等回去之后一定要加强锻炼,提升自己的体能。

欧阳帅、朱迪搀扶着乔麦在一块倒地的门板上坐下。黄金瓜从地上捡了条有些破的蛇皮袋,带着两个女生出去寻找食物了。

临走时,三个留守的同学还有些不放心,欧阳帅叮嘱道:"天快黑了,你们快去快回,注意安全。尤其是两个女生,一定要小心!"

黄金瓜带着两人来到一片菜地,有块菜地里还零星地生长着几棵青菜,黄金瓜收拾收拾放进了袋子里。再往前面的菜地里走去,大家可发现了新大陆——在一块萝卜地,黄金瓜使劲一拔就拔出了个白嫩的大萝卜。张婷婷看到又白又胖的萝卜也有了精神,连忙跑上前去帮忙。

张婷婷难得放下一直端着的架子和矜持,开心地边拔边唱:"拔萝卜,拔萝卜,嘿哟嘿哟拔萝卜。"

她一边唱一边猛地一使劲,没想到没有拔出萝卜,却把萝卜缨子拔断了,一屁股跌坐在菜地里。张婷婷有些脸红,一边的闫小格走过来友善地把张婷婷扶起来:"没事,不急,我来帮你一起拔萝卜。"张婷婷拍拍屁股上的泥土,开心地哼着小曲,继续拔萝卜。这几天的经历让她成长了不少。

黄金瓜在旁边的菜地还发现了几根老丝瓜。不一会儿,三个小伙伴带着一小蛇皮袋的"战利品"回到屋子里。黄金瓜让朱迪、欧阳帅分头去找找屋子里有没有主人遗漏的食物。

闫小格阻止道:"这样不好吧?主人不在家,我们借宿在此已经不好意思了,哪里还能乱翻?"

乔麦也觉得不好意思:"是呀,主人不在家,我们乱翻东西是不礼貌的。"

黄金瓜说:"放心吧,你们有所不知,在我们村上也有不少这样破旧的、敞开大门的房子。房子的主人一般都搬到城里了,留下的都是他们不想带走的,或者是不重要的东西。"

朱迪帮腔道:"就是嘛,我们金瓜老大那是火眼金睛,这样愚蠢的错误,他是不会犯的。"

张婷婷揶揄道:"这是多么崇拜的语气呀!"

大伙都忍不住笑了。

几个男子汉分头在每个屋子里找起来。黄金瓜在厨房里找到了一只打火机、一把菜刀和一些调味料。朱迪在屋里翻来翻去,一无所获。

欧阳帅到处翻,找到了两瓶饮料,兴奋地喊起来:"快来看,快来看,我找到了两瓶饮料。"

朱迪连忙冲过去:"太好了,太好了,有饮料喝了!"

黄金瓜对他说:"别兴奋,你看看生产日期。"

欧阳帅看看日期,失望地把瓶子里扔到地上。

黄金瓜忙道:"哎,别扔,这瓶子还有用。"

欧阳帅问:"有什么用? 过期了又不能喝。"

黄金瓜走过去,把瓶子里的饮料倒出来:"我们可以装点水带着赶路。"

朱迪失望地感叹道:"唉,我什么有用的东西都没找到。"

欧阳帅接口道:"不对,在这屋子里没找到有用的,但我们在村上有了收获,不是吗?"

朱迪忙说:"是是是。"

欧阳帅一本正经地说:"我们要学会知足,知足常乐。"

朱迪冲着欧阳帅摇头晃脑:"没错没错,嘿嘿。"

黄金瓜在院子里用刀扒开了兔皮,几个女孩扭过头不敢看。

欧阳帅愧疚地道:"小兔子,对不起了!"

这时,不知从哪来了一只流浪狗,不知它是闻到了兔肉的味道,还是听到了说话声。它眼巴巴地望着金瓜,似乎期待着也能吃上一口兔肉。金瓜把割下来的内脏扔给流浪狗,流浪狗摇了几下尾巴,好像表示感谢,然后津津有味地吃起来。

金瓜把兔子清洗干净后,带着两个男孩在厨房里做起了大餐,他用找到的打火机燃着了柴火,三个人有说有笑地在厨房里忙活开了。朱迪和欧阳帅从前没做过饭,这次是在金瓜的指挥下添添柴火、放放调料,都是一些简单的工作,可是参与感满满。两个第一次做饭的男生看着锅里慢慢飘出香味的食物,也觉得很有成就感。

一锅香喷喷的大杂烩很快烧好了,大伙找来一些破碗、破罐、破瓢盛起香喷喷的红烧兔肉,没有筷子,金瓜就让大家用树枝当筷子。大伙已经好久没有闻到如此的香味了,幸福地吃起了大餐,最后还把碗都舔得一干二净。这是他们失联之后吃得最美的一顿晚餐。

朱迪感慨地说:"好吃、好吃!这简直是神仙的生活。"

流浪狗闻到了"大餐"的香味,又来到他们身边。伙伴们把吃剩的骨头都扔给流浪狗,金瓜还时不时地扔两块兔肉给流浪狗,流浪狗也享受着美食。

大家都开心地笑着,吃着。等他们吃饱喝足之后,天也渐渐暗了下来。

黄金瓜在房子里找到了一条破棉絮,把它铺在地上,还有几条破麻袋,大伙就这样围躺在一起。

黄金瓜却不着急睡觉,他从这家屋子里找来一些碎布头,又从房间里找来一个带盖子的旧铁罐,跑到了厨房里。

朱迪看黄金瓜神神秘秘地往厨房跑,还以为他要做什么好吃的夜宵,便跟着进了厨房,大声询问道:"金瓜,你在这儿做什么呢?"小伙伴们听到了朱迪的声音,也有些好奇,睡意瞬间消散了不少,除了腿伤的乔麦挨不住疲惫先休息了,其余一个个都跟着跑进了厨房。

黄金瓜看大家都来了,笑着说:"我是准备做点碳布的。这天气说不准什么时候就要下雨,下雨的时候如果我们找不到干燥的枯叶这样的引燃物,那就很难生火了。就算是枯叶,搭配燧石其实也不是最好的,只有碳布和燧石是黄金搭档,一点就着。而打火机呢,虽然方便,但我看这个火机没啥油了,所以还是要准备一点碳布,有备无患嘛。"

欧阳帅听了好奇地推了推眼镜:"什么是碳布?这个书上也没

写,我还真有点好奇。"

"哈哈,你们看着就知道啦。"

黄金瓜卖了个关子,小伙伴们反而更好奇地围过来,专注地看黄金瓜操作。

只见黄金瓜先把碎布头都放在金属盒子里面,用力在金属盒子的盖子上砍出几个小孔,再把盖子紧紧盖在盒子上。然后黄金瓜点燃柴火,把盒子搁在一个有分叉的树枝上再放在火上加热,没过一会儿,盖子上的小孔里就排出一些细密的烟,伴随着烧焦的味道。

闫小格伸出一只手在鼻子前扇扇:"金瓜,这烧焦的味道总让人觉得有些不安,这盒子不会爆炸吧?"听到"爆炸"二字,朱迪害怕地往后退了两步,但是因为好奇,还是往盒子上瞥了几眼。

"放心吧,我在盒子的盖子上挖了小孔,不会爆炸的。"

黄金瓜又加热了一会儿,估摸着时间差不多了,才把盒子从火上移开,说:"大家等等,等这个盒子冷却之后我打开盖子看看,就知道这个碳布有没有做成功。"

几个小伙伴忙了一天,这会儿已经困得打哈欠,但还是撑着不睡,都想看看这碳布到底是什么样的。

又过了一会儿,盒子冷却得差不多了,黄金瓜才打开盖子。小伙伴们都凑过来,伸长脖子往里看,只见之前里面的破布头此时此刻已经黑乎乎的,烧焦了一般。欧阳帅开了口:"我知道,这个就是书上说的碳化效果,对不对?"

黄金瓜点点头:"没错。有了碳布,咱们将来在潮湿的丛林里也能轻松生火啦。这个好东西只要有一点点火星就能烧着,就不需要我们在那里辛苦地吹半天了。"

"耶!"欧阳帅率先欢呼道,"太好啦! 这下以后也不用撕书了。"

小伙伴们看完碳布的制作过程,月亮已经升到很高很高的地方了。大家也实在撑不住了,陆陆续续回屋休息了。而黄金瓜从这家的杂物间里翻出来几张防水的牛皮纸和胶带,先把碳布小心翼翼包好,放在自己身边,然后又带着牛皮纸去找欧阳帅。

欧阳帅正要睡觉,看黄金瓜来了,又强打精神,揉揉眼睛问:"金瓜,怎么了?"

黄金瓜笑着扬扬手中的牛皮纸,小声对欧阳帅说:"帅帅,我给你的宝贝书包个书皮怎么样?之后说不定还要下雨,要是有防水书皮就好多了。"

欧阳帅听了,感动地道:"金瓜,我没想到你居然……谢谢!"

欧阳帅没想到在这样困难的时候,黄金瓜居然还能想到帮他包书皮,能想到这样一件看起来并不那么紧急的小事。更何况其实小伙伴们可能也不太理解他为什么这么宝贝自己的书,可是黄金瓜却能照顾到他的情绪,不怪他太矫情,反而愿意帮助他,简直是太细心、太体贴了。

黄金瓜明白欧阳帅没说出口的情绪:"嗨,这有啥谢的? 要谢也是感谢你之前的牺牲,愿意把自己这么宝贝的书借给我撕点儿,不然我们那天晚上没有火堆,就算不被野兽叼走,也可能有更多的小伙伴要着凉生病。之前撕书实在是无奈之举,所以这次看到碎布头,我就想到了做些碳布。"

欧阳帅感激地拍拍黄金瓜的肩膀,递过去一个眼神。男孩子之间的友谊,这样一个眼神,就都懂了。两个孩子小心地给《百科全书》包好书皮就睡下了。这一晚,欧阳帅抱着自己包好了书皮的

《百科全书》睡得很香,连嘴角都是上扬的。

半夜,几条破麻袋一会儿被朱迪扯过去,一会儿被帅帅拽过来,大概天太冷,大家都想暖和点。流浪狗也趴在离他们不远处睡了,自从金瓜把兔子的内脏扔给它之后,它好像认定了主人,要和主人们一起生活。

第二天早上,黄金瓜又是用树叶吹起鸟鸣声叫醒大家。大家把昨晚剩下的美餐热一热,又饱餐了一顿。流浪狗和昨天一样趴在他们身边享受着美食。大家吃完早餐后整整东西,黄金瓜用麻袋装了好些白萝卜,还捡了好几个麻袋塞在里面。

一切准备就绪,黄金瓜说:"好了,我们准备出发。朱迪,你是背麻袋,还是抬乔麦?"

朱迪毫不犹豫答道:"我背麻袋吧。"

朱迪手里拉着渔叉,然后把麻袋往身上一背,没想到挺重的:"哇,这么沉呀!"

欧阳帅笑着说:"哈哈,那是你自己选的哦。"

朱迪也爽朗地笑了两声:"是的、是的,没问题!咱们出发吧。"

六个孩子像战士一样又踏上了征程。

黄金瓜把大家带到一条小河边,放下乔麦,他们准备装点水带上。这是一条清澈见底的小河,小河边还有条小船。这可乐坏了朱迪,他忙跳上小船,却一个趔趄,从船上掉了下去,一头栽进河里,在河里扑腾着。

欧阳帅慌忙叫了起来:"金瓜,朱迪掉水里了!"

闫小格惊慌失措,大声呼救:"快救人!"

乔麦跟着大喊:"快救人呀!"

张婷婷也惊恐地叫道:"金瓜,救人!"

黄金瓜看着这条小河水流非常平缓,朱迪落水的地方也就在岸边,闲置小船吃水线不深,更何况朱迪刚一挣扎就看到水面泛起泥沙,种种迹象表明这条小河的水不深。在电光石火之间做出判断的黄金瓜对朱迪大喊:"朱迪,不要害怕!水不深,你先试着站起来。"

求生中的朱迪一边怕得哭喊,一边又怀揣着对黄金瓜的信任,两条胖腿往下一探,尝试着站起来,水流极其平缓,站起来几乎没有什么难度。这么一尝试,朱迪才发现脚居然轻易就碰到了河床,站直了之后,河水刚刚到他的下巴,只是刚刚太慌张了胡乱扑腾,才以为河水深不可测嘞。大家见状,纷纷松了一口气,尤其是黄金瓜,非常庆幸自己的判断是正确的。

黄金瓜对朱迪大喊:"朱迪,你现在慢慢朝岸边走过来,走稳些,在水中走路可能会有阻力。"

朱迪听了金瓜的话,慢慢地平稳地朝岸边走来。黄金瓜看到他过来了,抄起边上一个船桨递给朱迪,把他拽上了岸。玩水不成反而落水的朱迪瘫坐在岸边,身心俱疲,耷拉着脑袋。

欧阳帅问:"朱迪,下次还贪玩不?"

闫小格感叹道:"是的,就你事最多。"

张婷婷无奈地说:"真是拿你没办法。"

乔麦庆幸地说:"还好,人没事。"

朱迪看着小船,虽然有些后怕,但还有点不服气:"可是,这条河也不是很深嘛。我只是最近太累太辛苦了,才忍不住想放松一下。"

黄金瓜见状,摇摇头告诫道:"朱迪,在水情未知的情况下,一定要注意安全。这次是运气好,可是下次呢?落水后人在挣扎的情况下,旁人若非专业救生员是很难去救的,哪怕这个人会游泳。贸然下水救人的后果可能是两个人在挣扎中一起沉入水里,永远上不来了。"

"啊,这么可怕!那岂不是我们以后看到落水的人也不能贸然下水救援?"乔麦摸摸自己还在怦怦跳的胸口问黄金瓜。

"不错,麦子说得对。大家不要看电视剧、小说里什么下水救援的情节威风就想模仿,哪怕自己会游泳也不要轻易下水,把竹竿等物品递给落水者,站在岸上把人拉上来倒是比较靠谱的。如果有游泳圈更好,景区河边、江边可能会有。或者大声提醒落水者不要奋力挣扎,谨防呛水,放松身体,试着借助水的浮力让自己浮起来。就是专业的救生员去救人,面对求生欲爆棚的落水者,第一件要做的事情可能也是把人打晕,然后再救人,这样才能保证不被挣扎的落水者耗尽力气拖入水中。"

小伙伴们听了黄金瓜的科普,都若有所思地消化起才学到的关键时刻可以救命的知识。而朱迪小脸一白,有些劫后余生的庆幸:"谢谢大家,谢谢金瓜。活到现在我终于明白,命比什么都重要。以后一定注意安全,再也不随便玩水了。"

欧阳帅又转文道:"嗯,古人云,知错能改,善莫大焉。朱迪,有长进呀!"

大家齐声说:"对,有进步!"

21. 风雨后的彩虹

　　今天的天气格外凉,尽管孩子们都很疲惫,但是为了生存还是要拼命赶路,尽早离开这片随时都可能出现危险的原始森林,与亲人团聚。

　　山里的天气就像个孩子的脸,说变就变。这时突然下起了瓢泼大雨,把他们从头到脚淋得透透的,个个比落汤鸡还要惨。黄金瓜带着大家在一片灌木丛里躲雨。雨整整下了一天,小伙伴们就只能用萝卜充饥。

　　到了傍晚雨才逐渐停下来,黄金瓜带着大家找到一块空地,把麻袋铺在地上作为他们临时的床铺。整整下了一天的雨,也找不到一片干的树叶,所以小伙伴们只能在这潮湿的地上凑合一晚。原始森林早晚温差大,到了晚上温度格外低,再加上小伙伴的衣服都湿了,所以大伙都瑟瑟发抖。虽然他们蜷缩在一起取暖,但是也很难抵御这寒夜。他们之前准备了碳布,可以配合燧石把火打着,但是因为找不到干的枯枝枯叶,所以就算点着了火也没有东西可以烧,这下连点火的计划也泡汤了。因为天气太冷,六个小伙伴一夜没有睡好,直到天都快亮了,大家才陆续睡着。

　　当阳光照进了整片森林,小伙伴们还在梦乡。欧阳帅第一个醒过来,按照之前的惯例,黄金瓜一定是第一个起床的,每天大家都在他的鸡叫声中陆续起床的,但今天怎么没有听见鸡叫声?欧阳帅察觉到事态不对,来到黄金瓜的身边,发现他满脸通红,嘴唇干裂。他摸摸黄金瓜的额头:"好烫呀!"

欧阳帅连忙把麻袋盖在金瓜的身上,接着又脱下自己的外套为他盖上。一个曾经给他们无穷力量的黄金瓜,一个在原始森林里能使出万般能耐照顾大家的黄金瓜,此时此刻却病倒了。黄金瓜可是他们的头领、他们的主心骨,现在连他都倒下了,还有什么能比这个更糟糕? 看着眼前的小伙伴们,一个生病的,一个受伤的,欧阳帅的心理防线一点一点地崩塌了,眼泪夺眶而出。他望着一眼望不到边的原始森林,完全失去了信心。

失去信心的欧阳帅想到了写遗书,他拿出书包里的铅笔和笔记本流着眼泪写起了遗书:

亲爱的爸爸妈妈:

我一直是值得你们骄傲的孩子,每每在家人、亲人、朋友聚会时,一谈到你们这个儿子,你们就会神采飞扬,满脸堆笑。我也很骄傲地认为自己是非常优秀的,我博览群书,琴棋书画也都略通一二,学习成绩在学校名列前茅,很少有人能超越。因此我不太看得起那些学习差的同学,我觉得他们没文化,又不认真学习,时间全部被他们在玩耍、嬉戏中浪费了。但这次的磨难让我彻底地认识了自己,认识了什么才是真正的生活,生命的意义远比学习成绩重要得多。在灾难和困境面前,让你们骄傲的儿子是如此不堪一击。

亲爱的爸爸妈妈,如果我走了,请你们一定记住:我爱你们! 下辈子我还做你们的儿子,做一个真正让你们骄傲的孩子。

写完后,欧阳帅把遗书紧紧贴在胸前,两行热泪不停地流淌。

欧阳帅把写好的遗书折叠好,放进书包,擦擦眼泪,叫醒熟睡中的小伙伴们。

小伙伴们伸伸懒腰,相继"起床",各自整理衣服,等待黄金瓜为他们准备早餐。已经习惯了被照顾的小伙伴们突然发现哪里不对劲——我们的头领呢? 他们应该是在黄金瓜的鸡叫声中醒来的,可今天叫醒他们的是欧阳帅。

张婷婷第一个反应过来:"哎,我们的头领呢?"

欧阳帅指着躺在地上的黄金瓜:"他发烧了,而且烧得很厉害,我刚才摸了摸他的额头,都烫手。"

朱迪听了这个坏消息,大惊失色地说道:"完了完了,这回真要歇菜了!"

小伙伴们都把原先盖在自己身上的麻袋盖在黄金瓜的身上,他们蹲在黄金瓜身边安静地注视着他,却无能为力、不知所措。

欧阳帅把小伙伴们叫到一边,小声地说道:"从目前的状况判断,我们是很难走出这个大森林了,森林太大,金瓜现在又一病不起……我已经写好了遗书,你们准备怎么办?"

朱迪看了大家一眼,走到一边难过地说道:"我可不想死。"

小伙伴们低头无语,陷入了无助。

闫小格又看了一眼生病的黄金瓜:"怎么办? 现在连我们的头领都病倒了,看来我们是真的没救了,生存的希望非常渺茫。帅帅,拿张纸给我,我也给爸爸妈妈写份遗书吧。万一我有什么意外,我一定要让他们安心,天灾人祸,谁也不想有这样的结局,但是活着的人一定要好好地活着。"

乔麦思考了一下:"我也写一份。"

张婷婷靠在树上,此时的她思绪翻滚,感慨万千,她想到了妈妈,想到了那位起早贪黑为生活奔波的妈妈,同时想到了自己的虚荣。

其实她的妈妈是在学校门口卖八宝粥的,同学们都知道那位阿姨做的八宝粥很好吃,但是没有人知道她就是张婷婷的妈妈。一向虚荣的张婷婷怕同学们瞧不起她,学校召开家长会,她说什么也不愿意让妈妈去。

那天放学,张婷婷一见到妈妈就开了口:"妈,我已经跟老师请过假了,你别去开家长会了。"

妈妈不解地问:"孩子,为什么?"

张婷婷不以为意地说:"我可不想让同学们知道你是个卖八宝粥的。"

张婷婷的话让她妈妈很惊讶,也很无奈:"孩子,妈妈是靠自己双手劳动,这又有什么丢人的呢?"

张婷婷反驳道:"妈,麻烦你替我想想,班里同学的父母都那么优秀,我爸妈都是大老板的牛我早就吹出去了,你现在去开家长会,不是让我难堪吗?你也不希望同学们都看不起我吧?"

妈妈听了女儿这话,转过身难过地抹着眼泪。自从丈夫去世,她又当爹又当妈,抚养孩子实属不易,但是她也心疼女儿,也不想孩子被人看不起,所以也就默认了张婷婷的想法。

而此时此刻,张婷婷想到当初那么虚荣地对待母亲,后悔地流下了眼泪。这时,她才深切地体会到了母亲的不易,体会到了亲情在这个世界上是最珍贵的,而虚荣心却让她伤害了母亲。

欧阳帅给他们每个人发了一张纸,只有一支笔,只能轮流写遗书。闫小格先写,写完后把笔递给了张婷婷。张婷婷流着眼泪写起了遗书：

> 亲爱的妈妈：
>
>   现在，当生命快要走到尽头时，我才明白：不管是穷是富，只要我们通过双手去劳动，就是美的。妈妈，你是最美的！
>
>   妈妈，如果我还活着，我一定要大声地告诉全世界：我的妈妈就是校门口那位卖八宝粥的美丽的女士，她是这个世界上最了不起、最伟大的妈妈。我爱你，妈妈！

朱迪看着大家都在写遗书，心理防线终于崩塌了，绝望地大哭起来。其他人也都情不自禁地哭了起来。

大家的哭声吵醒了黄金瓜，黄金瓜只觉得头重脚轻，头疼得要命，他硬撑着坐起来。看着小伙伴们都在那哭泣，他有些莫名其妙，有气无力地问道："你们都怎么啦？"

朱迪用略带无望的表情看着黄金瓜："金瓜，看来我们真的是死路一条了。我们本来还指望你带着我们走出森林，现在连你都病倒了，我们肯定会死在这里的。欧阳帅他们都写了遗书，可我还不想死，我不想死啊！"

黄金瓜硬撑着站起来，走到欧阳帅身边："把遗书拿给我。"

欧阳帅看看黄金瓜没有吱声，紧紧地抱着他的书包。黄金瓜一把夺过书包找出遗书。黄金瓜又走到闫小格、张婷婷和乔麦的身边，夺过她们的遗书。黄金瓜奋力地将几个人的遗书撕得粉碎，同时也粉碎了他们的绝望。黄金瓜把撕碎的遗书朝空中抛去，一片片纸屑落在地上安静地躺着，一阵风刮过，将撕碎的纸屑吹走了，像秋风扫落叶一样吹走了。

黄金瓜生气地大声说道:"我们,谁也不许有死的念头。我说过一个都不能少就是一个都不能少!我们会活着走出去的。"

一向温和的黄金瓜以从来没有过的愤怒唤醒了每个人,他们都意识到了刚刚的行为确实有点愚蠢。在没有完全绝望的情况下,哪怕再苦再难,大家都不能放弃生的希望,不能放弃与困难对抗的勇气。这些天来,他们合力战胜了那么多困难的一幕幕像放电影一般在他们的脑海里重播,这让他们更觉得有些羞愧,刚刚想要放弃希望的怯懦行为对不起这几天他们的努力和坚持。

闫小格看着黄金瓜,既心疼又无奈地说:"金瓜,你病得这么严重,我们非常担心你,更害怕你一旦有什么意外,我们真的不知道该如何是好。"

张婷婷也说:"是呀,金瓜,我们真的很担心你。现在该怎么办?"

黄金瓜鼓励大家:"伙伴们,一定要有信心。我现在只是生病了,没有什么大碍。帅帅,把书包递给我,里面还有上次采的中草药,我吃点药很快就会好起来的。"

黄金瓜从书包里拿出柴胡,这点救命的药昨天他就用牛皮纸包好了。黄金瓜使劲地嚼着柴胡,欧阳帅把救急的水递给他。黄金瓜接过水喝了一口,仰起脖子,连同嚼烂的中草药一起咽了下去。

为了给小伙伴们鼓劲,他捡起几片树叶放在唇间试着吹了吹。他选择一片最好的树叶,不太熟练地吹起了傻叔教他的《铃儿响叮当》。曲子虽然吹得时断时续,可就是这大家熟悉的乐曲让小伙伴们重拾信心,跟着一起哼起了《铃儿响叮当》。

大家一齐开心地唱起来:"冲破大风雪,我们坐在雪橇上,奔驰过田野,我们欢笑又歌唱。……叮叮当,叮叮当,铃儿响叮当,我们滑雪多快乐,我们坐在雪橇上……"

歌声在大森林的上空回荡,孩子们又充满了信心,鼓起了勇气。

黄金瓜向大家挥挥手:"走,我们出发!"

欧阳帅关心地问道:"金瓜,你烧得很厉害,还能走吗?"

张婷婷关心道:"你还是休息一会儿再走吧!"

闫小格也关心地说:"是呀,休息一会儿。"

黄金瓜脸色煞白,但是他很勇敢:"没啥,我刚吃了中草药,很快就会好的。瞧!前面有个山坡,那里没有树木遮挡,万一有飞机经过这里还能看到我们。"

欧阳帅振作了精神,说:"对,走,我们还有希望。"

黄金瓜向大伙伸出了手:"来,伙伴们。"

六个小伙伴手叠着手,彼此鼓励:"加油!"

朱迪主动关心道:"金瓜,我来扶你吧。"

乔麦说:"是呀,金瓜,你不舒服,让朱迪扶着你。我这伤口好多了,我试着自己拄着拐杖慢慢走。"

黄金瓜阻止道:"不用,我能挺住。麦子,你的腿受伤了,不能加重负担,让朱迪和欧阳帅抬着你。"

朱迪、欧阳帅听了黄金瓜的话就去抬着乔麦,闫小格也在担架一边搭把力。黄金瓜背着麻袋,张婷婷扛着渔叉并扶着黄金瓜。小伙伴们相互扶持,又充满希望和期待地向山坡走去,每个人的眼睛里都泛着勇敢、坚毅的光。

六个小伙伴在绝望后重拾信心,个个充满了战斗力,他们很快就赶到一片山坡上。这片山坡上开满了鲜花,风景很美。小伙伴们被眼前的美景惊呆了,像一只只快乐的小鸟飞快地向山坡冲去,找了一个最平坦的地方歇了下来。

黄金瓜说:"乔麦,你坐在这休息,其他人跟着我去捡石头。"

朱迪疑惑不解:"捡石头干什么?"

黄金瓜神秘地说:"等会儿你就知道了。"

欧阳帅说:"让你捡就捡,哪来那么多为什么? 你是十万个为什么吗?"

朱迪嘟哝着:"知道了,知道了,金瓜都没意见,就你啰唆。"

张婷婷、闫小格紧随其后,看到欧阳帅和朱迪争论不休,也只是笑笑,因为她们已经习惯这两位的拌嘴。

黄金瓜拿着麻袋带着其他四个小伙伴去捡石头,五个孩子看到石头就捡,很快装满了一麻袋。三个小伙子齐心协力把一麻袋石头搬到山坡上。朱迪累坏了,直喘粗气。张婷婷、闫小格手里还拿着几块石头。

朱迪瘫坐在地上,实在忍不住,再次发问:"金瓜,捡这么多的破石头到底干什么呀?"

闫小格也很好奇:"是呀,有什么用吗?"

张婷婷也抑制不住好奇心:"金瓜,你葫芦里到底卖的是什么药?"

黄金瓜卖了个关子,说道:"不知道了吧? 我要做标记。"

欧阳帅似乎明白了黄金瓜的用意,大叫起来:"哦,我知道了! 金瓜是想用这些石头做求救信号,对不对? 对不对?"

朱迪瞟了一眼欧阳帅:"真的假的? 你是怎么知道金瓜要做求救信号的?"

欧阳帅急切地说:"我在书上看过,在野外求生,可以做 SOS

（国际求救信号）的标记用来等待救援。"

张婷婷佩服地说："不愧是'小博士'，爱看书还真管用。"

黄金瓜冲着欧阳帅竖起大拇指："帅帅说得很对。现在这个时候了，营救人员说不定会派出直升机进行搜寻，如果能看到我们的求救信号，那我们就有救了！就是经过的民航飞机或者无人机发现了标志，也可能会报警来救我们的。好了，我们现在就行动吧！"

几个小伙伴立马行动起来，在山坡上用石子排成了 SOS 的标记，还有两个大大的感叹号。做完这一切，小伙伴们都有些筋疲力尽了，平躺在柔软的草地上，仰望着蓝天白云，等待奇迹发生。

黄金瓜在心中默默地祈祷着："希望能有奇迹发生。"

一群大雁从空中飞过，孩子们看着飞过的大雁，都兴奋地朝大雁打招呼。

朱迪朝着空中大声喊道："鸿雁，你们能停一停吗？看我们一眼，记住我们所处的位置，然后带给我们的家人，让他们来营救我们。"

闫小格也大声喊道："鸿雁，记住我们所处的位置了吗？一定要把我们的消息带出去呀！"

黄金瓜笑笑说："好了，你们别瞎喊了，饿不饿？"

黄金瓜的话将大家的注意力转移了，大家都感觉到饿了。

朱迪摸着肚子喊道："我饿了。"

欧阳帅说："我也饿了。"

黄金瓜说："好嘞，等着。"

黄金瓜从麻袋里拿出萝卜，一人发一个："我们还不知什么时候才能走出去，萝卜要省着吃。"

闫小格支持道："你说得对，金瓜。"

张婷婷、乔麦也支持地说:"对,我们要省着吃。"

朱迪快速地咬了一大口萝卜:"我饿死了,我吃了。"说完就大口大口地吃了起来。

正当大家美滋滋地吃着萝卜时,一架直升机从远处的森林上方飞过。飞机的声音引起了大家的注意,朱迪第一个发现了直升机,他迅速吐掉嘴里的萝卜,激动地大声喊道:"看,飞机,飞机!"

小伙伴们简直不敢相信自己的眼睛,呆呆地望着空中的直升机,愣了好久。黄金瓜提醒道:"快喊!"

小伙伴们高兴地蹦起来,甩掉了手中的萝卜,向空中挥舞起双手。黄金瓜把双手放在嘴边,朝着空中大喊:"这里,在这里,我们在这里。"

三个女生脸上挂着泪水,拼命呼救:"救救我们……我们在这里……"

可是直升机离孩子们还是太远了,飞机上的工作人员并没有发现他们。孩子们眼巴巴地看着直升机在森林上空盘旋两圈又飞远了,急得在原地直打转,直跺脚。

关键时刻,还是黄金瓜最冷静:"伙伴们,别喊了,喊破嗓子也没用,他们离我们实在太远了!我们必须想办法吸引他们的注意力。"

"怎么吸引?怎么吸引?"小伙伴们急切地问道。

黄金瓜指挥道:"走,赶快去拾柴点火。直升机一定是来寻找我们的,他们看不到我们,但是火焰和烟雾很容易引起他们的注意。"

五个小伙伴火速去找干柴,可是这片山坡上虽然风景宜人,却只有两三根不太干的树枝,两个小伙伴飞速朝山坡下跑去,想去丛林里捡一些干树枝回来。但是在这关键时刻,时间可不等人,抢时间就是在抢机会。黄金瓜要打火,就没有时间再去山坡下捡树枝,偏偏自己怀里的打火机虽然包上了牛皮纸,但可能是因为之前的雨太大了,这下也失灵了。他迅速拿出牛皮纸里包着的燧石和碳布,又立刻脱下自己的上衣铺在碳布下面,燧石打出的火星瞬间点燃了碳布,又引燃了衣服,一股股浓烟往空中升起。

欧阳帅、朱迪见状也不跑了,回到黄金瓜身边,迅速脱下外衣点燃,挑在树枝上向空中挥舞,以此来吸引飞机上的工作人员。直升机在空中盘旋搜救,浓烟很快引起了他们的注意,飞行员快速掉转方向朝着孩子们这边飞了过来。孩子们看到直升机离自己越来越近,控制不住自己的眼泪了。此时此刻,这是幸福的眼泪,是充满希望的眼泪。等直升机缓缓在他们的身边降落时,小伙伴们纷纷行动起来扑灭火焰。在这生命即将得到解救的时刻,孩子们还没有忘记要保护环境,还大森林一个美好的环境。

22. 重生之后

黄金瓜醒来时,第一眼就看到了爸爸。因为发烧引起了肺炎,此时的黄金瓜还不是很清醒,也很虚弱。

黄金瓜问道:"我这是在做梦吗? 我在哪?"

黄天顺看到儿子终于醒过来了,很激动,迅速关心地凑过去:"孩子,你不是在做梦。我是爸爸,这是医院,你们已经被解救了。"

黄金瓜用微弱的声音问道:"其他同学怎么样了?"

"同学们都很好,很安全。乔麦有点轻微的骨折,正在住院治疗。"黄天顺感慨地说道,"孩子,你真勇敢,我们为你骄傲!"

黄金瓜的奶奶拎着保温桶走进病房,惊喜地看着醒过来的黄金瓜:"娃,醒了!"

看到奶奶,黄金瓜有些吃惊了,他吃力从床上坐起:"奶奶,奶奶,你……你……你怎么来了? 这是真的吗? 是真的吗?"黄金瓜既惊讶又高兴。

奶奶抚摸着黄金瓜,微笑着:"真的,真的,孩子,你终于安全回来了,你可把我们担心死了! 你爸爸为了找你,在原始森林里找了几天几夜,腿、胳膊都跌破了。"

听了奶奶的话,黄金瓜看了看爸爸。黄天顺眼睛里布满了血丝,一脸的疲惫,衣服沾满泥土,一眼就能看出他已经几天没有休息了,衣服都没来得及换。黄金瓜心里酸酸的,他转向爸爸小声说:"谢谢你!"

　　黄天顺怜爱地说:"傻孩子,谢什么? 爸爸永远爱你。"

　　此次的生死劫难让黄金瓜的责任心越来越大,之前对父亲的所有不满都化解了,没有什么比活着、比亲情更重要了。黄金瓜大声地喊了一声:"爸——"

　　黄天顺一下愣住了。奶奶戳戳儿子:"天顺,金瓜喊你了,听到没有?"黄天顺等了这么多年,终于听到了儿子的呼唤,此时,他激动得脸部的肌肉都在抽搐,什么也说不出来。黄天顺摸摸儿子的头,然后扭过头哭了,这是幸福的眼泪。奶奶站在一边看着眼前的父子俩,开心地笑着。

　　黄金瓜心中最惦记的还是宋老师,他在睁开眼的那一瞬间最想问的就是宋老师的下落,但是他又很害怕得到的是不好的消息。

　　黄金瓜还是鼓起勇气问道:"对了,爸爸,宋老师呢? 老师她……还活着吗? 爸爸,我想见宋老师,我还有很多话想对她说。"说完,黄金瓜伤心地哭了。

　　黄天顺告诉他:"儿子,宋老师也被解救了,一切都好,就是——"

　　黄金瓜忙起身:"宋老师怎么样了? 到底怎么样了? 我要去看她。"

　　黄天顺拦住儿子:"孩子,别急。等你一出院,我就带你去看她。"

　　奶奶也劝慰孙子:"金瓜,听爸爸的话,你现在身体还很虚弱,等完全康复了再去看望宋老师。"

　　朱迪拎着一篮水果,呼哧呼哧地走在马路上,虽然水果篮有点沉,但他还是坚持自己拎着。朱迪奶奶看着孙子满头大汗,还拎着一篮沉沉的水果,心疼极了,好几次走上前想帮助孙子拎水果,但都被朱迪拒绝了。她不放心孙子,一直跟在朱迪后面往公交车站走去。

朱迪奶奶再次上去抢夺水果篮:"蛋蛋,太沉了,我来拎吧。"

朱迪倔强地摇摇头:"不要!奶奶,别小看你孙子,现在啊,我能拎得动。"

祖孙俩很快走到站牌前,朱迪实在不想奶奶总把他当成长不大的孩子紧紧盯着。自那次灾难之后,朱迪非常清楚很多事必须自己动手、自己实践才能有收获。他劝慰奶奶:"奶奶,你别跟着我了,我自己坐车去医院看望宋老师,我自己的事自己做。"

朱迪奶奶不放心地看着孙子:"哎哟我的蛋蛋嘞,奶奶不放心。你还那么小,万一被坏人拐跑了咋办?"

朱迪宽慰奶奶:"放心吧奶奶,你孙子我现在已经是一个了不起的男子汉了。你要把空间和时间留给我,让我自己学会长大,不然我永远是一个长不大的'巨婴'。"

奶奶纳闷地看了看孙子,不知孙子说的是啥意思:"什么?什么'巨婴'啊?"

"奶奶,'巨婴'就是……哎呀,车子来了,不跟你说了,等我回来再和你解释吧。"朱迪大步跨上车,"奶奶,再见。放心,线路我都查好记清楚了。"

奶奶望着登上公交车的朱迪喊道:"蛋蛋,等会儿我让你爸爸去接你。"

朱迪朝着窗外喊道:"不用,我自己坐公交车回家。"

朱迪奶奶目送着公交车渐渐远去方才离开。奶奶明显感受到孙子变了,而且变化很大。

闫小格妈妈一直把孩子送到路边,爸爸妈妈一直把闫小格当作公主宠爱着,捧在手里怕掉了,含在嘴里怕化了,尽量给孩子创造一切良好条件。

闫小格无论什么时候都有保姆伺候,无论什么时候都有司机接送,可今天她推着一辆自行车,车篮里放着一束鲜花,她要自己骑着自行车到医院看望宋老师。

闫小格回头看看妈妈,笑着说:"妈妈,我走了,你回去吧。"

闫小格妈妈其实并不放心孩子自己骑车,但是女儿坚持,她要尊重女儿的选择。

闫小格正准备骑车离开,妈妈还是不放心地拦住:"宝宝,要不还是让司机送你去吧? 今天天还有点热呢,坐着汽车吹空调多舒服啊!"

闫小格态度坚决:"妈妈,不用了,我自己骑自行车去,既锻炼身体,又环保。"

闫小格妈妈听了,长长地舒了一口气,走上去拥抱女儿,并亲吻女儿的额头:"嗯,看来我家宝贝确实是长大了。路上小心。"

闫小格调皮地向妈妈抛了个媚眼:"那是,我不要当女神,不要当娇娇女,我要当女汉子。"

说完母女俩都笑了。闫小格骑上自行车,心情非常放松、自在,她义无反顾地向自由独立的自己奔去。

张婷婷在妈妈摆的摊位边忙前忙后,有人来买八宝粥,她一会帮妈妈拿打包袋,一会帮妈妈收钱,忙得不亦乐乎。闫小格、欧阳帅约好在张婷婷妈妈的摊位前集合,一起去看望宋老师。

闫小格先来到摊位前,她连忙打招呼:"阿姨好!"

张婷婷妈妈高兴地回应:"格格,你好!"

今天是张婷婷妈妈最开心的一天,脸上笑开了花,女儿能安全回来她已经很欣慰了,让她更欣慰的是曾经不让她参加家长会的女儿,现在居然都能帮助自己干活了。

张婷婷一边帮妈妈干活,一边打招呼:"格格,你来了。"

闫小格问:"嗯,欧阳帅还没到吗?"

闫小格把自行车停好,正准备去帮助张婷婷时,欧阳帅也骑车赶到摊位前。他的自行车篮里放了一盆小盆栽,还有一本书《遇见未知的自己》,他一边放好自行车,一边说着话:"我来了,我来了。"

闫小格说道:"帅帅,你来了,我们就可以出发了。"

欧阳帅笑着跟张婷婷妈妈打招呼:"阿姨好!"

张婷婷妈妈还是满脸堆笑地跟欧阳帅打招呼:"你好!"

欧阳帅夸赞道:"阿姨,你做的八宝粥真好吃!"

"是吗?好吃就好,以后我天天给你们做。"

"太好了,以后我们天天都来买你的八宝粥。"

闫小格说:"对,阿姨,我跟同学们都说好了,天天来买你的八宝粥。"

张婷婷妈妈感激地说:"谢谢孩子们!"

张婷婷也很感动,她感受到了同学们的关爱,同学们并没有因为她妈妈是个卖八宝粥的而看不起她,反而更爱她了。她开心地说:"格格、帅帅,谢谢你们!"

张婷婷的妈妈拿出一个保温桶,里面装了一桶八宝粥,递给张婷婷:"婷婷,宋老师是个病人,适合吃稀的,你把这桶八宝粥带给宋老师。别忘了替妈妈向宋老师问好,祝她早日康复。"

张婷婷答应道:"好的。妈妈再见!"

闫小格、欧阳帅齐声道:"阿姨再见!"

张婷婷妈妈朝孩子们点点头："再见,路上小心点,注意安全。"

闫小格跨上自行车,张婷婷坐在欧阳帅的自行车后座上,几个孩子朝着医院出发了。

孩子们陆陆续续赶到宋老师的病房,相继送来了祝福。宋老师坐在病床上幸福地接受着孩子们的祝福。虽然还没有完全康复,但是看到孩子们那一张张可爱的笑脸,宋老师的精神好多了,病好像也一下子好多了。

闫小格给宋老师递上一束鲜花："宋老师,祝您永远像花儿一样美丽!"

宋老师接过鲜花："谢谢! 好美的花呀!"说完把鲜花放在床头柜上。

朱迪递上一篮水果："宋老师,水果富含维生素,多吃水果对皮肤好。祝您早日康复!"

宋老师笑着点头："谢谢朱迪!"

欧阳帅递上一盆小盆栽、一本书："老师,祝您早日康复! 我送您一本书《遇见未知的自己》,有它陪伴您,您在医院就不孤独了。"

宋老师看着孩子们,心里倍感欣慰,幸福感暴涨,感到孩子们似乎突然间长大了许多。她开心地望着眼前这一群活泼可爱的孩子们："谢谢,谢谢你们!"

张婷婷非常骄傲地提着妈妈准备的八宝粥："宋老师,我妈妈说病人要吃稀的,让我给您带来一桶八宝粥。"

宋老师接过八宝粥。张婷婷能在这么短的时间里认可自己的妈妈,这是让宋老师感到最高兴的事："谢谢,替我谢谢你妈妈。"

朱迪扫视了一下病房："金瓜怎么到现在还没来?"

说曹操,曹操就到,黄金瓜正捧着一个包装得紧紧的礼物跨进病房:"我来了。"

朱迪走上前,一把搂着金瓜的肩膀,亲切得要命:"老大,你终于来了。"

黄金瓜把手中的礼物递给宋老师:"老师,祝您早日康复!"

大家对金瓜送的礼物非常感兴趣,都纷纷要求拆开看看。

朱迪最感兴趣,凑过去:"这是什么礼物呀?宋老师拆开看看。"

闫小格、欧阳帅也急切地说:"对,拆开看看,拆开看看。"

张婷婷疑惑地问:"金瓜,什么礼物呀?搞得神神秘秘的。"

宋老师拆开非常精美的包装后,惊讶了——这是一幅女人的画像,画的就是宋老师,并且画上写了五个字:"妈妈,我爱你。"

宋老师的眼睛湿润了,小伙伴们却都惊讶了,不知道这是怎么回事。

宋老师激动地说:"孩子,谢谢!谢谢!我能拥抱你吗?"

黄金瓜投到宋老师怀里,大声喊道:"妈妈。"

同学们听到黄金瓜喊了一声"妈妈"都愣了,不知道是怎么回事,还是朱迪反应快,也跟着喊了一声"妈妈",其他孩子纷纷称呼宋老师"妈妈"。

黄金瓜跟宋老师流着眼泪拥抱在一起,孩子们站在一边也感动地相拥在一起,病房里充满了暖暖的爱意。

黄金瓜擦擦眼泪,朝着大伙宣告:"今天就算了,'妈妈'这个称呼以后只允许我一个人喊。"

大家都朝着黄金瓜挥挥拳头笑了。

之前宋老师采风时偶遇金瓜,和黄天顺提到了遇到金瓜的事情,但两人商量后还是决定暂时瞒着当时有些叛逆的金瓜,等将金瓜接到宋老师的班级之后再慢慢培养感情。

而两天前在医院的病房里,黄天顺才有些忐忑地向儿子提起这件事情,没想到金瓜愣了片刻后,不是勃然大怒,而是眼含热泪。那个温柔地教他画画的人,那个雨夜里背着他去医院看病、辛苦照料他的人,那个在陌生都市里给他温暖、信任他的人,那个危急关头嘶吼着让他们离开、保护他们的人……无数个有关宋老师的画面在黄金瓜的脑海中飞速流转,最终又与记忆中自己妈妈温柔的身影重合了。这个温柔善良且耐心聪慧的人毫无疑问地赢得了他的肯定和信赖,让他感受到了爱与关怀。他知道,以后的日子,他的家庭中将多一位可以信赖可以依靠的亲人。

灾难已经过去,而少年们也在搏击风浪之后,更加勇敢地面对生活。他们将踏上人生的新旅程,更加积极、阳光,就像永远追随光芒的向日葵,在风中怒放。